COLLECTION FOLIO

D1041246

# Michel Tournier

*de l'Académie Goncourt*

# La goutte d'or

Gallimard

Tu es tellement ce que tu parais
que je n'entends pas ce que tu dis.

THOMAS JEFFERSON

Une volée de pierres ramena vers la masse compacte et docile des moutons l'escadron volant des chèvres, toujours prêtes à s'égailler dans les éboulis. Idriss poussait son petit troupeau plus loin vers la ligne rougeoyante des dunes qu'il ne l'avait fait la veille ou l'avant-veille. La semaine précédente, il s'était assuré, à charge de revanche, la compagnie de Baba et de Mabrouk, et les journées avaient passé comme un rêve. Mais ses deux compagnons étaient désormais consignés au jardin pour aider leur père à désensabler ses rus d'irrigation. A quinze ans, Idriss n'était plus en âge d'avouer que l'angoisse de la solitude donnait des ailes à ses jambes et l'empêchait de s'établir à l'ombre d'un arbousier sauvage en attendant l'écoulement des heures, comme il l'avait fait avec ses camarades. Sans doute savait-il que les vents des confins désertiques ne sont pas des djenoun qui enlèvent les enfants imprudents et désobéissants, comme sa grand-mère le lui avait raconté, en vertu sans doute d'une tradition orale remontant à l'époque où les nomades razziaient les populations paysannes des oasis. Mais cette légende avait laissé des traces dans son cœur, et le miroitement trompeur des premiers rayons du soleil sur le chott el Ksob, la fuite éperdue d'un gros varan dérangé de son lit de sable par ses pieds nus, le vol blanc d'une chouette égarée dans la lumière matinale, tout le

9

poussait à chercher d'urgence un contact humain. Son idée, en chassant ses bêtes vers l'est, c'était de retrouver Ibrahim ben Larbi, l'un des bergers des tribus Chaamba semi-nomades qui campent le long de l'erg Er-raoui, et se chargent en professionnels du troupeau de chameaux de l'oasis, moyennant la totalité du lait et la moitié du croît.

Idriss savait qu'il ne trouverait pas son ami dans sa communauté dont les tentes basses et noires occupaient une zone riche en puits, l'Ogla Melouane, la plupart, il est vrai, éboulés, mais suffisants pour les besoins humains. En effet les bêtes pâturaient dans un rayon d'une vingtaine de kilomètres, réparties en troupeaux d'une douzaine d'adultes et d'autant de chamelons, placés chacun sous la garde d'un garçon ayant son puits attitré. Idriss se dirigeait plus au nord, en direction du défilé pierreux au-delà duquel commençait le domaine d'Ibrahim. C'était un reg aride clairsemé de touffes de salicornes et d'euphorbes où le vent d'est avait laissé de longues traînées de sable fauve finement sculptées. Il n'y avait plus à harceler les bêtes pour qu'elles avancent. Désormais la proximité du puits Hassi Ourit – celui d'Ibrahim – agissait comme un aimant invisible sur les moutons qui pressaient le pas, entraînant les chèvres derrière eux. On ne distinguait encore que la silhouette tourmentée de rares souches mortes ou de faibles talus semés d'abesqui sur lesquels les chevreaux se juchaient d'un bond. Mais sur la falaise grise de l'erg, Idriss vit bientôt se découper le profil en parasol de l'acacia qui ombrageait le puits Ourit. Il en était à deux kilomètres encore quand il fit lever une chamelle baraquée dans la pierraille et visiblement mal en point. Elle poussa un grondement plaintif et partit d'un trot boitillant devant le troupeau. Idriss n'était pas mécontent de se présenter au Chaamba en lui ramenant une bête qu'il aurait peut-être perdue.

Les relations des deux adolescents étaient simples et univoques : une admiration un peu craintive chez Idriss, une amitié protectrice et condescendante chez Ibrahim. Parce qu'il était nomade, laissé à lui-même et chamelier, Ibrahim nourrissait à l'égard des oasiens un mépris indulgent, nullement tempéré par le fait qu'il travaillait pour eux et leur devait sa subsistance. Il y avait dans son attitude comme la réminiscence d'un passé glorieux où les oasis et les esclaves qui les cultivaient étaient indistinctement la propriété des seigneurs nomades. Au demeurant ce garçon, rendu un peu fou par le soleil et la solitude, ne craignait ni dieu ni diable, et savait tirer parti de l'aridité même du désert. Son œil unique – le gauche, son œil droit était resté accroché aux épines d'un bois de gommiers où son chameau s'était jeté – distinguait à deux kilomètres de distance la fuite d'une gazelle ou l'appartenance tribale d'un ânier. Ses jambes dures et sèches le portaient vingt-quatre heures d'affilée sans eau ni dattes. Il s'orientait sans jamais dévier dans la nuit ou le vent de sable. D'ailleurs il savait faire tourner le vent en empalant sur une aiguille un scarabée sacré et en orientant dans la direction voulue le mouvement irrésistible de ses pattes ramant dans le vide. Il repérait le cheminement d'une fourmi, remontait à la fourmilière, l'éventrait d'un coup de pied, et obtenait un succulent repas en vannant le contenu des galeries, et cela bien que ces bestioles fussent redoutées à Tabelbala, parce que leur demeure souterraine les met en rapport avec les djenoun. Son impiété épouvantait souvent Idriss. Il n'hésitait pas à boire debout, en tenant la jatte d'une seule main, alors qu'il faut, quand on boit, avoir au moins un genou à terre et serrer le récipient à deux mains. Il parlait ouvertement du feu, invoquant ainsi témérairement l'enfer, quand les oasiens emploient prudemment des locutions comme « le petit vieux qui craque » ou « le faiseur de cendres ». Il n'hésitait

11

même pas à éteindre un foyer en y jetant de l'eau, ce qui est profanatoire. Idriss l'avait vu un jour se régaler d'une cervelle de mouton, morceau qu'on enterre à Tabelbala, parce qu'il rend fou celui qui l'absorbe aussi sûrement que s'il dévorait son propre cerveau.

Lorsqu'il arriva à l'ombre de l'acacia, toujours précédé par la chamelle boiteuse, il constata l'absence d'Ibrahim. Ses bêtes se bousculaient autour du petit bassin circulaire alimenté par le déversoir du puits où stagnait un reste d'eau ensablée. Elles auraient pu se passer de boire jusqu'au soir, mais le bassin constituait un point d'attraction utile pour les empêcher de se disperser.

Où était Ibrahim? Sans doute avait-il accompagné ses chameaux vers une pâture éloignée, surgie en quelques heures à la faveur d'un orage? Idriss chercha sa trace autour de l'arbre, mais la terre était criblée d'empreintes qui mêlaient les larges soles des chameaux aux petits trous des sabots des chèvres et des moutons. Il décrivit alors un arc de cercle en s'éloignant du puits pour tenter de découvrir un indice sur la direction prise par le Chaamba. Il releva au passage la traînée irrégulière laissée par un varan, les minuscules étoiles trahissant le sautillement d'une gerboise, la trace triangulaire assez ancienne d'un fennec au galop. Il contourna un bloc de basalte dont la noirceur tranchait sur le reg de plus en plus éblouissant à mesure que le soleil montait à l'horizon. Et c'est alors qu'il découvrit une empreinte d'un intérêt si puissant qu'à l'instant le vide se fit dans son esprit. Il ne pensa plus ni à Ibrahim, ni à ses chameaux, ni à son propre troupeau. Seuls existaient ces deux rubans finement crénelés qui creusaient de faibles ornières dans la terre blanche, visibles jusqu'à l'infini. Une voiture, une automobile, dont personne n'avait parlé dans l'oasis, surgissait de la nuit avec sa charge de richesses matérielles et de mystère humain! Idriss, suffoquant d'exci-

12

tation, se lança sur la trace du véhicule qui fuyait vers l'ouest.

Le soleil flambait en plein ciel quand il aperçut dans le tremblement de la terre surchauffée, glissant sur un boqueteau de tamaris, la silhouette pataude d'une Land Rover. Elle ne roulait pas très vite, mais Idriss n'avait aucune chance de la rattraper. D'ailleurs il n'y songeait pas. Cloué par l'étonnement et la timidité, il s'arrêta, bientôt entouré par ses moutons et ses chèvres. La Land Rover, braquant vers le nord, s'engageait maintenant sur la piste de Béni Abbès. Dans cinq minutes, elle serait hors de vue. Non. Elle ralentissait. Elle amorçait un demi-tour. Elle reprenait de la vitesse et fonçait droit sur lui. Il y avait deux personnes à bord, un homme au volant et à côté de lui une femme dont Idriss ne distingua d'abord que les cheveux blonds et les grosses lunettes noires. La voiture stoppa. La femme retira ses lunettes et sauta à terre. Ses cheveux flottaient en nappe décolorée sur ses épaules. Elle portait une chemisette kaki très échancrée et un short outrageusement court. Idriss remarqua aussi ses ballerines dorées et pensa qu'elle n'irait pas loin avec ça dans la pierraille environnante. Elle brandissait un appareil de photo.

– Hé petit! Ne bouge pas trop, je vais te photographier.

– Tu pourrais au moins lui demander son avis, grommela l'homme. Il y en a qui n'aiment pas ça.

– C'est bien à vous de le dire! remarqua la femme.

Idriss prêtait l'oreille et rassemblait les bribes de français qu'il possédait pour comprendre ce qui se disait. Visiblement il faisait l'objet d'une discussion entre l'homme et la femme, mais c'était la femme qui s'intéressait à lui, cela surtout le troublait.

– Ne te fais pas d'illusions, ironisa l'homme, il regarde beaucoup plus la voiture que toi!

C'est vrai qu'elle était imposante, cette voiture, trapue et blanche de poussière, hérissée de réservoirs, roues de secours, crics, extincteurs, câbles de remorquage, pelles, tôles de désensablement. Idriss admirait en connaisseur du désert ce véhicule de grande croisière, non sans affinité lointaine avec le chameau bâté. Les hommes qui possédaient un outil aussi prestigieux ne pouvaient être que des seigneurs.

– Je ne me fais pas d'illusions, dit la femme, mais je pense que pour lui il n'y a pas de différence. La voiture et nous, c'est le même monde étranger. Vous autant que moi, nous sommes des émanations de la Land Rover.

Elle avait plusieurs fois réarmé, et visait à nouveau Idriss et ses moutons. Elle le regardait maintenant en souriant, et, débarrassée de l'appareil de photo, elle paraissait enfin le voir normalement.

– Donne-moi la photo.

C'était les premiers mots que prononçait Idriss.

– Il veut sa photo, c'est normal, non? intervint l'homme. Tu vois, on devrait toujours emporter un appareil à développement instantané. Le pauvre gosse va être déçu.

La femme avait replacé l'appareil dans la voiture. Elle en sortit une carte enfermée dans un cadre de cellophane. Elle s'approcha d'Idriss.

– Impossible, mon gars. Il faut faire développer le film et demander des tirages. Ta photo, on te l'enverra. Regarde. On est là, tu vois : Tabelbala. La tache verte, c'est ton oasis. Demain Béni Abbès. Ensuite Béchar. Puis Oran. Là, le car-ferry. Vingt-cinq heures de mer. Marseille. Huit cents kilomètres d'autoroute. Paris. Et là, on t'envoie ta photo. Tu t'appelles comment?

Quand la Land Rover disparut en soulevant un nuage de poussière, Idriss n'était plus tout à fait le même homme. Il n'y avait à Tabelbala qu'une seule photographie. D'abord parce que les oasiens sont trop pauvres

14

pour se soucier de photographie. Ensuite parce que l'image est redoutée par ces berbères musulmans. Ils lui prêtent un pouvoir maléfique; ils pensent qu'elle matérialise en quelque sorte le mauvais œil. Pourtant cette unique photo contribuait au prestige du caporal-chef Mogadem ben Abderrahman, l'oncle d'Idriss, qui avait rapporté de la campagne d'Italie une citation et la croix de guerre. Citation, croix de guerre et photo étaient visibles sur le mur de son gourbi, et sur l'image craquelée et un peu floue, on le reconnaissait tout flambant de jeunesse et d'ardeur avec deux camarades à l'air goguenard. Il n'y avait eu jusque-là qu'une photo à Tabelbala, pensait Idriss, désormais, il y en aura une autre, la mienne.

Il trottinait sur le reg blanc en direction du grand acacia d'Hassi Ourit. Il débordait de l'aventure qu'il venait de vivre et se réjouissait à l'avance de s'en prévaloir auprès d'Ibrahim. S'en prévaloir vraiment? Avec quelle preuve à l'appui? Si seulement on la lui avait donnée, sa photo! Mais non, son image roulait à cette heure vers Béni Abbès enfermée dans le boîtier de l'appareil, lui-même à l'abri de la Land Rover. La voiture devenait elle aussi irréelle à mesure qu'il progressait. Il allait quitter les traces des pneus. Plus rien bientôt ne démontrerait la réalité de la rencontre qu'il venait de faire.

Lorsqu'il arriva à Ourit, Ibrahim l'accueillit comme à l'accoutumée par une grêle de pierres. Cela non plus, on ne l'aurait pas fait entre oasiens. Ramasser une pierre, c'est déjà un geste d'hostilité, une menace qu'on est encore bien loin heureusement de mettre à exécution. Ibrahim s'amusait de l'adresse diabolique qu'il avait acquise en lançant des cailloux depuis sa plus petite enfance. Il atteignait infailliblement un corbeau en plein vol, un fennec en pleine course. Pour l'heure, voyant approcher son ami, il jouait en guise de bienvenue à faire gicler le sable à droite, à gauche, en face et jusque entre ses pieds, moins dans l'espoir de lui faire peur – Idriss savait depuis longtemps qu'il ne risquait rien – mais simplement pour manifester sa joie de le revoir sous une forme qui mêlait son agressivité et ses dons naturels. Il cessa lorsque la distance entre Idriss et lui fût devenue trop faible pour que le jeu présentât encore de l'intérêt.

– Viens ici! lui cria-t-il. Il y a du nouveau!

Voilà! C'était bien d'Ibrahim! Idriss faisait une rencontre inouïe. Il subissait l'épreuve de la photographie, par une femme blonde de surcroît, et devenait inopinément quelqu'un de comparable au caporal-chef Mogadem, et deux heures plus tard, c'était Ibrahim qui avait du nouveau à lui apprendre!

– J'ai une chamelle qui va mettre bas au puits Hassi el Hora. C'est à une heure d'ici. Le puits est pourri, mais il faut qu'elle boive. Nous allons y aller avec du lait.

Il prononçait le berbère en phrases hachées qui ressemblaient à autant d'aboiements impératifs. En même temps, son œil unique pétillait de lueurs ironiques, parce qu'Idriss n'était qu'un niais d'oasien, une « queue ronde », docile, doux, mais de peu de poids en face d'un chamelier chaamba. Un vieux mâle s'arcbouta et fit fuser un jet d'urine sur le sable. Ibrahim en profita pour s'y rincer les mains, parce qu'un Chaamba ne trait pas avec des mains sales. Puis il fit pivoter une femelle pour la placer en bonne position de traite et entreprit de dénouer le filet qui emprisonnait ses mamelles et les mettait à l'abri des chamelons du troupeau. Enfin il commença à tirer, debout sur une jambe, le pied gauche appuyé sur le genou droit, une jatte d'argile posée en équilibre sur sa cuisse gauche.

Idriss regardait les deux jets qui giclaient alternativement dans la jatte. En état de sous-alimentation permanente, il souffrait du désir que lui inspirait ce liquide blanc, chaud et vivant, capable de calmer à la fois sa soif et sa faim. La chamelle agita ses petites oreilles d'ours, et, ouvrant son anus, elle fit couler une diarrhée verte sur la face interne de ses cuisses, manifestations de confiance et d'abandon qui favorisaient la descente du lait.

Ibrahim s'arrêta de tirer quand il jugea avoir assez de lait pour en remplir une de ces gourdes séchées, munies d'un couvercle, qu'on suspend au flanc du chameau dans une résille de fibre de palmier. Il s'approcha du vieux mâle, et, sans avoir à le toucher, d'un simple cri guttural, il le fit baraquer. Puis il se jucha sur son garrot, le dos contre la bosse, et fit asseoir Idriss devant lui. Le chameau se releva en blatérant avec mauvaise humeur, et s'élança aussitôt vers le nord. Après avoir traversé une zone de terre rougeâtre semée d'une maigre brousse arborescente, ils s'engagèrent dans le lit d'un oued qu'ils remontèrent sur plusieurs kilomètres. Sculpté par l'eau – une eau qui n'avait plus coulé visiblement depuis des années – le sol présentait de vastes plaques lisses et durcies qui craquaient brutalement sous les larges pieds du chameau. Plusieurs fois les deux cavaliers faillirent être jetés à terre. La bête grondait de colère. Il fallut ralentir l'allure. Elle s'arrêta tout à fait au pied d'un rocher de basalte sous lequel elle avait flairé la présence d'une guelta. Ibrahim la laissa boire l'eau grise où zigzaguaient des insectes. Elle releva la tête, triste et hautaine, retroussa son mufle ruisselant d'eau, et poussa un brâme dans une odeur saline et sulfureuse. Puis la course reprit. A mesure qu'on approchait d'Hassi el Hora, Idriss percevait l'angoisse et l'impatience qui gagnaient son compagnon. Il y avait du malheur dans l'air, un instinct infaillible en avertissait le Chaamba.

Seule une levée de terre – les déblais très anciens et durcis du creusement – signalait la présence d'un puits. Ni bassin, ni murette, ni margelle, ce n'était qu'un trou rond dangereusement ouvert au ras du sol. Une fragile hutte de perches entrelacées de palmes attestait pourtant que les bergers connaissaient ce point d'eau, et s'y reposaient parfois à l'abri du soleil après y avoir abreuvé leurs bêtes. Pour l'heure il était désert. Mais de très loin l'œil unique d'Ibrahim distingua la silhouette grêle et fauve d'un chamelon nouveau-né, abandonné entre le puits et l'abri. Ses pires pressentiments se confirmaient.

Il sauta du chameau, et courut aussitôt au bord du puits. Idriss le vit s'engager sur la poutre la plus accessible de la charpente intérieure qui maintenait la terre des parois, et s'y coucher pour mieux scruter le fond du trou. Il n'y avait aucun doute possible. Altérée par la parturition, la chamelle s'était approchée du bord et avait basculé dans le vide. A ce moment le chamelon émit un beuglement plaintif et sa mère lui répondit : de la gueule du puits monta un râle amplifié comme par un gigantesque tuyau d'orgue. Idriss se pencha à son tour sur l'ouverture. Il ne vit d'abord que l'enchevêtrement des poutres fixant le coffrage des parois. Mais lorsque ses yeux furent accoutumés à l'ombre, il distingua des reflets lumineux et miroitants, une silhouette noire couchée sur le flanc et à demi immergée, et, comme un minuscule poinçon au bord de ce tableau sinistre, l'image de sa propre tête tendue et vive sur l'azur profond du ciel.

Ibrahim s'était relevé et courait vers la hutte. Il en revint avec une corde de cuir torsadée.

– Je vais descendre voir si la bête est blessée, expliqua-t-il. Sinon, on essaiera de la tirer de là avec l'aide des autres bergers. Si elle a une patte cassée, il faudra la tuer.

Puis ayant fixé le bout de la corde à une tête rocheuse, il se laissa glisser à l'intérieur. Il y eut un silence. Et bientôt sa voix monta en échos caverneux.

– Elle a une patte cassée. Je vais l'égorger et la dépecer. Tu remonteras les morceaux. Commence par mes vêtements.

Idriss remonta un léger ballot de hardes loqueteuses. Puis il attendit sans chercher à voir l'horrible travail auquel se livrait le Chaamba dans une eau boueuse à vingt mètres sous terre.

Le grand chameau s'était rapproché du chamelon, et, l'ayant longuement flairé, il s'était mis à le lécher tendrement. Idriss observait la scène avec amusement. Il était peu probable que le vieux mâle cédât à une soudaine vocation paternelle. Il devait plutôt apprécier sur le corps tremblant et humide du petit l'odeur violente de la mère. Quant au chamelon, éperdu d'esseulement, il se serrait contre ce protecteur inespéré, puis emporté par l'instinct, il fouillait du museau ses génitoires à la recherche d'hypothétiques mamelles.

Un appel impérieux arracha Idriss à sa contemplation. Il commença à haler la corde de cuir lourdement lestée. Bientôt il put attirer à lui une cuisse et une jambe encore tièdes de vie. Il porta cette pièce de boucherie dans l'ombre de la hutte. Aussitôt la voix du chamelier retentit à nouveau.

– Tire un seau d'eau, mélanges-y le lait que nous avons apporté, et fais boire le petit.

Ainsi Ibrahim, au plus fort du travail épuisant qu'il accomplissait, n'oubliait pas le chamelon, et il lui sacrifiait la seule nourriture dont il disposait. Idriss obéit à contrecœur, mais sans envisager la possibilité de désobéir, par exemple en buvant une partie du lait. Le courage surhumain de son compagnon le subjuguait. Le chamelon était incapable de boire. Idriss dut lui confectionner un biberon de fortune avec une bouteille dont il brisa le fond pour en faire une sorte d'entonnoir. Il avait à peine commencé ce nourrissage qu'un nouveau quartier de chamelle lui était expédié du fond du puits. Quand le soleil atteignit le sommet de sa course, il entendit Ibrahim se féliciter de la lumière directe dont il profitait. La cabane n'était plus qu'un amoncellement de quartiers de viande sur lesquels des essaims de mouches bleues vrombissaient furieusement dès qu'on les dérangeait. Mais ce qui inquiétait surtout Idriss, c'était que le ciel, encore vide une heure plus tôt, se peuplait de petites croix noires qui dérivaient lentement, paraissaient un moment immobiles, puis glissaient tout à coup en vol plané. Les vautours avaient tout vu, et ils s'apprêtaient à descendre. Pourtant ils étaient moins à craindre que les corbeaux dont l'audace et l'agressivité ne reculaient devant rien. Il imaginait ce que serait leur retour avec le chamelon à peine capable de marcher, le grand mâle balançant sur sa bosse une pyramide de viande fraîche, et la traînée noire et hurlante des corbeaux qui les suivraient.

Il fut surpris de voir tout à coup Ibrahim se hisser sur la poutre transversale du puits. Ce n'était qu'une vivante statue sculptée dans un limon sanglant. Ebloui par la lumière intense, il couvrit son visage de ses mains, et leva la tête vers le ciel. Puis ses mains glissèrent, et Idriss vit qu'un caillot de sang s'était logé dans son orbite creuse, comme si son œil venait d'être arraché. Le Chaamba était ivre de tension, de fatigue et d'exaltation méridienne. Il leva les bras, et poussa un hurlement de triomphe et de défi. Puis il se mit à trépigner et à sauter en équilibre sur la poutre. Il avait pris son sexe dans sa main, et le tendait vers Idriss.

– Oh, queue ronde! Regarde! Moi, j'ai la queue pointue!

Il sauta encore sur le tronc vermoulu. Il y eut un craquement, et le Chaamba disparut comme dans une trappe. Un second craquement apprit à Idriss que le corps de son compagnon avait heurté la poutre maîtresse de la charpente, laquelle venait de céder à son tour. On eut dit alors qu'un tremblement de terre se produisait. Le sol remua. La cabane s'effondra sur les quartiers de la chamelle. Un nuage de poussière jaillit du puits vers le ciel, et Idriss y distingua le vol affolé d'innombrables chauves-souris qui passaient le jour dans la charpente du puits. La rupture des deux poutres avait entraîné l'effondrement de tout le coffrage qui retenait les parois du trou. Le puits s'était comblé d'un seul coup. Jusqu'à quel niveau? Où était Ibrahim?

Idriss s'approcha. A moins de deux mètres de profondeur, on voyait le sable mêlé de pièces de bois brisées. Il appela son compagnon. Sa voix frêle s'éleva dans un silence rendu plus sépulcral encore par la royauté du soleil en plein zénith. Alors la panique le prit. Il hurla de peur et courut droit devant lui. Il courut longtemps. Jusqu'à ce qu'il trébuche sur une souche et s'écroule sur le sable, secoué de sanglots. Mais il se relève aussitôt, les mains appliquées sur les oreilles. En collant sa joue sur le sol, il a cru entendre montant des profondeurs le rire de son ami enseveli vivant.

– Il t'a photographié ? Et la photo, où est-elle ?

Une fois de plus sa mère revenait sur cette histoire de photo, tandis qu'une voisine, la matrone Kuka, l'aidait à se coiffer et à se maquiller. Il n'avait pu garder pour lui sa rencontre avec les Français de la Land Rover et la promesse qu'on lui avait faite : sa photo, on allait la lui envoyer. Elle arriverait avec le rare courrier de l'oasis et les commandes de ravitaillement, d'outils et de vêtements livrées chaque semaine par le camionneur Salah Brahim qui assurait la liaison avec la grande oasis voisine Béni Abbès. Mais pour ménager sa mère, toujours portée à imaginer le pire, il avait tu le rôle et même l'existence de la femme blonde. Il n'y avait que deux hommes dans la voiture, avait-il raconté, l'un des deux avait fait la photo.

– Elle n'arrivera jamais, prophétisa sombrement Kuka ben Laïd en démêlant les cheveux de la mère avec trois poinçons de fer. Et alors ? Qu'est-ce qu'ils vont faire avec cette photo ? Personne ne peut le savoir !

– C'est un peu de toi qui est parti, renchérit la mère. Si après ça tu es malade, comment te soigner ?

– Ça risque de le faire partir aussi, ajouta Kuka. Trois jeunes du village émigrés vers le nord en six mois !

Idriss s'absorbait dans un travail de précision. Il taillait au couteau un petit chameau dans un bloc de kaolin ocre avec d'autant plus de soin qu'il voulait se garder d'intervenir dans la litanie morose des deux femmes. Son troupeau de chameaux sculptés lui servait depuis sa petite enfance à jouer au nomade Chaamba. Au début, on lui avait offert ces pièces une à une. Plus tard, il avait peint son troupeau et il l'avait habillé de fragments d'étoffe et de fibres de palmier. Chaque jour, il l'abreuvait et le menait au pâturage, il soignait les bêtes blessées ou malades. Désormais trop grand pour ces enfantillages, il cédait ses bêtes les unes après les autres à ses jeunes frères, et il taillait des pièces nouvelles qui enrichissaient un cheptel déjà nombreux.

— Ces jeunes, je sais bien pourquoi ils s'en vont, prononça mystérieusement Kuka.

Il y eut un silence de politesse, puis la mère demanda :

— Alors? Pourquoi ces jeunes s'en vont-ils?

— C'est parce qu'on leur a appris à marcher trop tôt. C'est une tare de nomade qui les marque pour toute leur vie.

— Idriss n'a pas marché avant deux ans, dit la mère avec réticence.

Elle était blessée par le rappel d'une particularité familiale qui l'avait jadis bourrelée de soucis et de sombres pressentiments : presque tous ses enfants avaient marché tard. Pour son troisième, on avait même, quand il avait atteint deux ans, organisé cette sorte de rogation de la marche, traditionnelle en pareil cas. L'enfant, vêtu de haillons et laissé volontairement tout morveux et embrenné, était porté dans un couffin par deux fillettes – sœurs, cousines ou à défaut voisines – qui se présentaient dans chaque maison en psalmodiant sans arrêt pendant toute la tournée : « Il ne marche pas, il ne veut pas marcher, que Dieu le laisse marcher! » Chaque famille visitée faisait un don – blé, orge, sucre, oignon, piécette de monnaie – qui allait dans le couffin au contact de l'enfant. Ensuite la mère devait organiser, pour l'enfant qui ne marchait pas et les fillettes qui avaient marché à sa place, un petit festin à l'aide des offrandes rapportées.

– Oui, mais dès l'âge de six ans, insista Kuka, il jouait au camion avec un bidon de pétrole équipé de quatre roues de poterie et d'une de secours. Qu'est-ce que ça voulait dire?

– Si Idriss doit partir, il partira, conclut la mère avec fatalisme.

– Bien sûr, mais pas forcément sous le mauvais œil, concéda Kuka en enduisant les cheveux de la mère d'un onguent épais composé de henné, de clous de girofle, de roses séchées et de myrte qui donnait à la coiffure une épaisseur flatteuse.

Elle venait de prononcer le mot qui ne cessait de hanter la mère depuis qu'elle avait eu connaissance de l'épisode de la Land Rover. Pour ne pas être blessé par le mauvais œil, passer autant que possible inaperçu est une saine précaution. Tirer l'œil par sa mise, sa force, sa beauté, c'est tenter le diable. Les mères de Tabelbala négligent volontairement leurs bébés, et les maintiennent dans un certain état de saleté pour qu'ils n'excitent pas l'admiration à un âge particulièrement vulnérable. L'homme qui exhibe fièrement le couteau flambant neuf qu'il vient d'acquérir a toutes les chances de se couper dès qu'il s'en servira. La nourrice étalant une poitrine plantureuse, la chèvre d'une fécondité ostentatoire, le palmier à la floraison opulente s'exposent aux coups de l'œil dont le pouvoir tarit, stérilise, dessèche. Toute image avantageuse est grosse de menace. Que dire alors de l'œil photographique et de l'imprudence de celui qui s'offre complaisamment à lui!

Idriss savait tout cela. Il était assez pénétré de l'esprit

belbali pour trembler devant les risques auxquels de propos délibéré il s'exposait. Mais il avait en même temps l'ardent désir de s'affranchir de l'emprise oasienne dans laquelle il avait grandi. Son admiration pour les nomades Chaamba allait dans ce sens, comme aussi ce petit troupeau de chameaux sculptés qu'il choyait encore à un âge où l'on se ridiculise avec de tels enfantillages. Sa mère appréciait assez peu au demeurant cette collection, mais Idriss était un garçon, ce serait bientôt un homme, et des chameaux, ce n'était tout de même pas des poupées, jouets qu'elle n'aurait pas tolérés entre les mains de ses filles.

Kuka avait soigneusement réuni en pelote les cheveux qui étaient restés accrochés dans les dents du peigne. Il importait qu'il ne s'en égare aucun, car, émanation personnelle de la mère, ils conservaient une influence directe sur sa santé physique et morale. Tombés entre des mains malveillantes, ils constitueraient un redoutable instrument d'envoûtement. Pourtant il ne pouvait être question de les brûler. On les enterrerait au pied d'un tamaris, arbre faisant l'objet d'un culte féminin.

– Est-il vrai qu'Idriss a été vendu aux nègres? demanda soudain Kuka.

La question était indiscrète, et la matrone n'aurait sans doute pas eu le front de la poser devant témoin, ni même de face. Mais la mère, lui tournant le dos et s'abandonnant à ses mains, pouvait sans trop de violence l'éluder ou même lui opposer le silence.

– Oui, dit-elle après réflexion. Avant sa naissance, j'avais eu deux enfants mort-nés.

L'explication était suffisante. Quand le mauvais sort s'acharne sur une famille, on fait appel, le jour de la naissance, à la petite communauté des descendants d'esclaves noirs de l'oasis. Ils viennent danser dans la cour de la maison. Le père pose symboliquement le bébé sur le tambour du chef, et fait à la communauté un important cadeau en nature et en espèces. Si l'enfant vit, les Noirs, qui ont ainsi pris son destin en charge, auront droit à une nouvelle donation, mais lui-même devra durant toute son existence se souvenir de ses protecteurs. Jusqu'à six ans Idriss avait été traditionnellement coiffé comme les enfants noirs, le crâne entièrement rasé, à l'exception d'une crête épaisse partant du front et allant en cimier jusqu'à la nuque.

Kuka n'insista pas mais la mère comprit qu'elle voyait dans ce détail une raison de plus pour qu'Idriss quitte sa famille. Elle tressait patiemment – en évitant de trop serrer les cheveux, ce qui peut provoquer la stérilité – les trois nattes habituelles des femmes mariées, deux nattes latérales assez minces, ornées d'anneaux d'argent, et une grosse natte dorsale passant dans la coquille d'un cône qui symbolise un œil protecteur.

La matrone allait maintenant procéder à la peinture faciale de la mère, et elle changea de place pour se trouver désormais accroupie en face d'elle. Du même coup, la conversation allait prendre un tour moins insidieux de la part de Kuka, plus franchement réticent de la part de la mère. Idriss se faisait oublier, comme il avait appris à le faire chaque fois que, dans la demeure trop exiguë, il assistait à une scène dont il était en principe exclu en raison de son âge ou de son sexe. Mais il pensait à la fête qui commençait ce soir et qui se prolongerait dix jours durant : Ahmed ben Baada mariait sa fille Aïcha au fils aîné de Mohammed ben Souhil, et une troupe de danseurs et de musiciens venue du haut Atlas allait prêter sa couleur et ses rythmes aux cérémonies.

Toute la journée dans la maison du futur marié les femmes avaient préparé un tazou suffisant pour cent cinquante à deux cents personnes. Une dizaine de matrones avaient trois heures durant actionné leurs moulins de lumachelle pour fabriquer la semoule de blé nécessaire. L'excitation entretenue par ce chœur sans cesse parlant, chantant et gloussant se communiquait aux curieux qui défilaient pour voir l'exposition des cadeaux offerts par la famille du jeune homme à celle de la future mariée. On appréciait les pièces de tissu, foulards, ceintures, babouches, bracelets et colliers d'argent, peignes, miroirs, eau de Cologne, et ces produits sans lesquels il n'est pas de beauté féminine, henné, myrte, encens, écorce de noyer, clous de girofle et rhizomes d'iris sauvage. Dans l'extrême pauvreté de l'oasis, un pareil étalage constituait pour l'œil un régal qu'on ne pouvait manquer.

L'après-midi une danse modeste, presque timide réunit les femmes. Des couples se forment entre épouses et jeunes filles, comme si ces dernières avaient à recevoir une initiation de leurs aînées. De son côté, le fiancé, accompagné de ses « vizirs » – sept à huit compagnons célibataires – revient d'une assez mystérieuse corvée de bois qu'attestent une demi-douzaine d'ânes chargés de fagots qu'ils poussent devant eux. La coutume exige qu'il soit enveloppé jusqu'aux yeux dans un vaste burnous ceinturé par la corde qui aida sa mère à le mettre au monde. La vérité, c'est qu'il a passé la nuit à festoyer avec ses compagnons habituels pour marquer la fin de son adolescence. La ségrégation des sexes trouve ainsi sa double célébration à la veille du mariage.

Idriss participait à ces rites dans la seule mesure où il parvenait à s'identifier au fiancé – qui n'avait que trois ans de plus que lui – mais cette mesure était faible. La mort tragique d'Ibrahim avait ouvert un grand vide d'amitié autour de lui que pas un garçon de l'oasis ne pouvait remplir. La fiancée avait son âge. Ils avaient grandi ensemble, et cette grosse fille passive et molle était dépourvue à ses yeux de mystère et de prestige. Peut-être n'en avait-elle pas davantage à ceux de son futur mari. Mais Ali ben Mohammed restait fidèle à la tradition selon laquelle les époux s'aiment et s'estiment parce que la cérémonie du mariage les a unis, les sentiments devant être l'effet et non la cause de l'union. Insidieusement l'idée inverse, selon laquelle l'amour est premier et cause première du mariage, cette idée moderne et impie, s'était imposée à l'esprit d'Idriss. Dès lors que la future était jugée sans charmes, toute la fête lui paraissait un embarras inutile, et même comme une certaine menace virtuelle pour sa liberté, bien qu'il fût décidé à déjouer toutes les manœuvres de ses parents et de ceux d'une quelconque fille nubile de l'oasis pour l'engager sur la voie matrimoniale. Au spectacle de ce jeune homme qui s'enracinait solennellement à Tabelbala en devenant mari, et sans doute bientôt père, Idriss se sentait des ailes lui pousser aux talons, et il pensait avec un élan affamé à la photographe blonde qui lui avait pris son image et l'avait emportée avec elle dans son véhicule de rêve. En vérité deux scènes contradictoires se disputaient son imagination. Un jour Salah Brahim, sautant de son camion, lui donnait une enveloppe provenant de Paris dans laquelle il trouvait sa photo. Mais il se voyait surtout prenant la route et s'engageant vers le nord dans une longue marche qui s'achèverait à Paris. La vieille Kuka l'avait deviné, il ne songeait plus qu'à partir.

La nuit était tombée depuis longtemps quand un tumulte provenant du ksar Chraïa fit sortir les invités. Des torches projetaient des lueurs d'incendie sur les murs chaulés des gourbis. Des appels rauques et des youyous suraigus, le grondement sourd d'une batterie de tambours et des stridences de trompettes déchiraient le silence nocturne. C'était cette troupe de montagnards venus de l'ouest par la Hammada du Drâa qui donnaient une sérénade de leur façon aux jeunes mariés. Les tambours menaient un train d'enfer. Chaque instrument porté horizontalement, attaché à la taille du joueur, rendait deux sons, l'un clair, l'autre sourd, selon qu'il était frappé à l'une de ses extrémités avec une baguette ou à l'autre bout avec le poing. Le nasillement des cornemuses formait une trame sur laquelle deux solistes soufflant dans de courtes trompettes de cuivre se relayaient pour tracer la courbe d'une lancinante ritournelle. On était loin du pur et limpide monologue qu'Idriss tirait parfois, aux heures les plus chaudes de la journée, d'une flûte de roseau percée de six trous.

Les joueurs avaient formé devant la maison de Mohammed ben Souhil un demi-cercle vivement et fantasquement éclairé par les torches. La musique s'exaspérait, montait d'instant en instant, communiquait une fièvre intenable aux corps immobiles des spectateurs. Le rythme augmentait d'intensité dans un but évident à chacun : faire jaillir la danse, opérer la métamorphose de tout le groupe des musiciens en une seule danse. Et la naissance eut lieu : une femme noire, vêtue de voiles rouges et de bijoux d'argent, surgit au

29

centre de l'aire. Zett Zobeida ne se produisait qu'au plus fort de la fête, car elle en était l'âme et la flamme. Elle courut d'abord courbée en avant à pas rapides au bord du cercle qui lui appartenait, comme pour s'assurer de son domaine. Puis elle dessina une suite de figures de plus en plus concentrées. C'était clair : elle glanait toute la musique répandue sur son aire, elle rassemblait comme une invisible moisson, toute la danse éparse autour d'elle. Désormais la foule dansait avec elle, et chacun répétait une litanie obsédante et énigmatique :

> La libellule vibre sur l'eau
> Le criquet grince sur la pierre
> La libellule vibre et ne chante parole
> Le criquet grince et ne dit mot
> Mais l'aile de la libellule est un libelle
> Mais l'aile du criquet est un écrit
> Et ce libelle déjoue la ruse de la mort
> Et cet écrit dévoile le secret de la vie.

Zett Zobeida se mouvait maintenant à très petits pas, étroitement cernée par les musiciens. Bientôt ses pieds bougèrent sur place, car la danse était tout entière entrée dans son corps. Et de ce corps n'apparaissait entre le bas de son corsage et le haut de sa jupe qu'une main de nudité luisante et noire. Au milieu de cette statue voilée, seul dansait ce ventre, animé d'une vie autonome et intensément expressive. C'était la bouche sans lèvres de tout ce corps, la partie parlante, souriante, grimaçante et chantante de tout ce corps :

> La libellule libelle la ruse de la mort
> Le criquet écrit le secret de la vie.

La danse de Zett Zobeida, c'était désormais sur cette statue de voile immobile le ballet de cent bijoux sonores. Mains de Fatma et croissants de lune, sabots de gazelle et coquilles de nacre, colliers de corail et bracelet d'ambre, amulettes, étoiles et grenades mènent leur danse dans un grand conciliabule cliquetant. Mais ce qui retient surtout le regard d'Idriss, c'est, tournant autour d'un lacet de cuir, une goutte d'or d'un éclat et d'un profil admirables. On ne peut concevoir un objet d'une plus simple et plus concise perfection. Tout semble contenu dans cet ovale légèrement renflé à sa base. Tout paraît exprimé dans le silence de cette bulle solitaire qui ne vient heurter aucun autre bijou dans ses brefs balancements. A l'opposé des pendeloques qui imitent le ciel, la terre, les animaux du désert et les poissons de la mer, la bulle dorée ne veut rien dire qu'elle-même. C'est le signe pur, la forme absolue.

Que Zett Zobeida et sa goutte d'or soient l'émanation d'un monde sans image, l'antithèse et peut-être l'antidote de la femme platinée à l'appareil de photo, Idriss commença peut-être à le soupçonner ce soir-là. Il aurait sans doute progressé davantage dans son initiation si après les chants et les danses, dans le calme revenu d'une nuit scintillante, Abdullah Fehr, le conteur noir venu des confins du Soudan et du Tibesti, n'avait évoqué l'aventure de l'ancien pirate Kheir ed Dîn, devenu pour peu de temps roi de Tunis, auquel ses cheveux et sa barbe donnaient fort à faire.

# Barberousse
## *ou*
## *Le portrait du roi*

Il s'appelait en vérité Kheir ed Dîn, mais par dérision les Roumis l'appelaient Barberousse. Cet ancien pirate levantin avait écumé la Méditerranée avec son frère aîné. Ensemble ils s'étaient rendus maîtres d'Alger dont ils avaient fortifié le port pour y abriter leurs quarante galères. Puis l'aîné ayant été tué à Tlemcen, le cadet avait poursuivi seul une carrière éclatante. En l'an 912 [1] de l'Hégire, il s'empara de Bizerte et chassa de son palais du Bardo le sultan de Tunis, Moulay Hassan.

Lorsque Kheir ed Dîn et ses compagnons, sortant encore fumants du combat, se ruèrent à l'intérieur du palais, ils furent saisis par le silence qui les entoura soudain, et ils eurent le sentiment étrange de pénétrer dans un domaine enchanté. Il n'y avait pas signe de vie dans ces patios, sur ces terrasses étagées, dans ces salles immenses, sous ces colonnades festonnant des jardins de rêve. La noble et hautaine demeure avait été désertée l'instant d'avant, semblait-il, par ses courtisans, soldats, serviteurs et gardiens, et livrée intacte aux barbares venus de la mer, avec ses baldaquins, ses paravents, ses coussins, sa vaisselle, et même ses cheminées allumées sur lesquelles tournaient encore

---

1. En 1534 de l'ère chrétienne.

des broches. Tout le monde avait fui en emmenant chevaux, dromadaires, singes et sloughis, ces fins lévriers du désert qui posent leur tête fuselée sur les genoux des seigneurs d'Afrique blanche. Les fontaines elles-mêmes n'étaient plus enveloppées par le vol circulaire des colombes.

Kheir ed Dîn et ses compagnons se sentaient oppressés par la magie de ces lieux obscurs. Redoutant une traîtrise, ils progressaient en jetant des regards à droite et à gauche, et certains conseillaient au pirate de mettre le feu à ce palais maléfique et de le détruire pierre à pierre.

Ils parvinrent ainsi de salle en salle et d'escalier en escalier à une aile reculée dont les portes résistèrent d'abord à toutes les pressions. Il fallait se résoudre à en enfoncer une, et c'est ce que les soldats avaient commencé à faire, quand elle s'ouvrit d'elle-même. Un homme grand et d'aspect sévère, vêtu d'une robe blanche maculée de taches multicolores, apparut, l'air surpris et courroucé.

– Que signifie tout ce vacarme? dit-il. J'ai pourtant donné des ordres pour qu'on ne me dérange pas dans mon travail!

Un garde ottoman armé d'un cimeterre s'approcha dans l'intention évidente de faire sauter la tête qui osait proférer de pareilles insolences à la face de son maître. Kheir ed Dîn l'écarta d'un geste.

– Ce vacarme signifie que le sultan Moulay Hassan est en fuite et que je prends sa place, dit-il. Qui donc es-tu, si étranger apparemment aux événements qui secouent ce pays?

– Ahmed ben Salem, portraitiste officiel et peintre du palais.

Et comme Kheir ed Dîn s'avançait, il s'effaça pour le laisser entrer.

Kheir ed Dîn avait rencontré plus d'une fois l'adversaire qu'il venait d'abattre. Il n'avait que mépris pour ce Moulay Hassan, indigne héritier de la prestigieuse dynastie des Hafcides. Homme chétif et de piètre apparence, on aurait dit qu'il ployait sous le poids de la couronne et du manteau royal de ses ancêtres. Certes il était voué à la défaite et à l'humiliation en face du terrible pirate, maître de la Méditerranée!

Or voici que sur les quatre murs de la vaste pièce, il était là, le sultan vaincu, mais non pas l'échine courbée, la tête basse et les pieds agités par la fuite. Au contraire, on le voyait campé sur un cheval cabré, entouré de ses dignitaires qui lui faisaient comme un parterre de leurs manteaux, juché sur une tour dominant la ville, voire dans son harem, entouré de favorites pâmées d'amour.

Kheir ed Dîn parcourait la pièce, le regard enflammé d'une colère que chaque toile augmentait d'un degré. Il avait écrasé Moulay Hassan. Chassé ignominieusement de son palais. Obligé à fuir cul par-dessus tête, en laissant derrière lui jusqu'à des viandes tournant sur des broches. Et voici que, par la grâce de ce diable de peintre, le vaincu était toujours dans ses murs, triomphant, royal, épanoui dans toute sa gloire.

– En prison! gronda-t-il finalement. Et tous ces barbouillages, au feu!

Puis il sortit vivement, cependant que ses soldats entouraient Ahmed ben Salem et le couvraient de liens.

Les semaines qui suivirent, Kheir ed Dîn fut fort occupé à consolider et à organiser la victoire foudroyante qui avait fait de lui l'homme le plus puissant de tout le Maghreb. Or sa victoire toute neuve opérait en lui une métamorphose dont il était le premier surpris. Déjà sa mainmise sur Alger et l'Algérie avait transformé l'écumeur des mers, qu'il était d'abord, en gouverneur de citadelle. Et voici que, devenu l'égal d'un roi dans ce palais raffiné, il sentait des obligations nouvelles lui incomber. Il avait d'abord compris qu'il ne convenait plus qu'il fasse rien par lui-même. Entre les choses et lui devait toujours s'interposer désormais le ministre, l'exécutant, le second, pour le moins le serviteur. Cela avait commencé par son sabre. C'était son plus vieux compagnon de combat, une arme lourde et grossière, à la garde en forme de coquille énorme enveloppant toute la main, à la lame large et déchiquetée de menues brèches malgré son épaisseur. En avait-il fendu des crânes avec ce tranche-montagne! Il en avait des larmes d'attendrissement, rien qu'à le caresser de la paume! Or il était clair désormais qu'il ne fendrait plus jamais de crânes, et que son vieux braquemart ne devait plus bringuebaler dans ses jambes. Il l'échangea contre une courte et fine dague à la poignée ciselée, dont la lame lui paraissait tout juste bonne à se curer les ongles.

Puis ce fut ses vêtements qui se transformèrent : le velours remplaçant la cotte de mailles, et la soie le chanvre.

Mais ce n'était que peu de chose encore, car voici que ce soldat emporté par l'action, qui n'avait jamais douté de rien, qui avait toujours répondu à toute question par son courage et sa force, voici que ce nouveau souverain, soudain pénétré de sa dignité de fraîche date, se regardait dans le miroir de la royauté, et hésitait à s'y reconnaître.

C'est alors qu'il se souvint d'Ahmed ben Salem et de la galerie de portraits où le misérable Moulay Hassan faisait si noble figure. Ayant adopté la petite dague d'apparat, le jabot de soie et le pourpoint de velours, Kheir ed Dîn ne devait-il pas maintenant faire faire son portrait officiel ? Pourtant cette perspective, toute naturelle pour n'importe quel autre, suffisait à le hérisser d'appréhension et d'horreur...

Il y avait à cela une très forte raison : Kheir ed Dîn ne montrait jamais ni son crâne que couvrait un turban, ni son menton qu'habillait une housse de soie verte retenue par deux cordons à ses oreilles. Pourquoi ces précautions? Cela, c'était son secret, un secret que tout le monde connaissait autour de lui, mais auquel personne n'aurait osé faire la moindre allusion.

Alors qu'il fréquentait l'école coranique, Kheir ed Dîn avait été en butte aux pires vexations de la part de ses condisciples et de ses maîtres en raison de la couleur de ses cheveux. Cette crête d'un roux flamboyant, qui se dressait sur sa tête, avait pendant des années attiré les quolibets, les coups, et, pis encore, elle avait inspiré une sorte de répulsion sacrée. C'est que – selon la tradition saharienne – les enfants roux sont maudits. Ils sont maudits, car ils ne sont roux que pour avoir été conçus alors que leur mère avait ses catiminis. Ils portent ainsi la marque évidente et indélébile de cette infamie, car ce n'est rien d'autre que ce sang impur qui a teinté leurs cheveux. Et cette honte s'étend à toute leur peau – laiteuse mais tavelée de son –, à chacun de leurs poils, et même à leur odeur, et les camarades de Kheir ed Dîn s'écartaient de lui en se bouchant le nez.

L'enfant avait souffert le martyre. Puis il avait grandi, et sa force l'avait rendu redoutable. Enfin l'âge du turban lui avait permis de dissimuler l'objet du scandale. Mais tout avait recommencé peu d'années plus tard, quand lui était venue une barbe, laquelle n'était pas rousse comme ses cheveux, mais carrément rouge, comme faite de fils de cuivre. Il avait alors imposé la mode de la housse à barbe, un accessoire dont il ne se départait pas, et que les courtisans de son entourage avaient docilement adopté.

Il ne cessait pas cependant d'épier les regards des autres, et s'ils venaient à s'attarder sur son menton, sa main avait vite fait de se crisper sur la poignée de son sabre. Les Roumis l'avaient affublé du sobriquet de Barberousse, et il était heureux pour leurs têtes qu'ils habitassent sur l'autre rive de la Méditerranée. Kheir ed Dîn était si irritable sur ce point particulier que ses familiers évitaient de prononcer certains mots en sa présence – renard, écureuil, alezan, tabac – et personne n'ignorait qu'il devenait d'humeur massacrante les nuits où une grosse lune rougeâtre flottait dans un ciel brouillé.

Et voici que, parvenu au sommet de sa puissance, il découvrait la force de l'image, et qu'un roi ne peut éviter de se regarder dans un miroir. Un matin donc, il fit tirer Ahmed ben Salem de sa prison et le fit comparaître devant lui.

– Tu t'es présenté à moi comme portraitiste officiel et peintre du palais, lui dit-il.

– Certainement, seigneur, telle est ma charge et mon titre.

– Va pour la charge et le titre, mais ta fonction?

– J'ai d'abord à faire le portrait des hauts dignitaires de la cour. Je dois également reproduire les beautés architecturales et les fastes du palais, afin que nul n'en ignore à travers l'espace et le temps.

Kheir ed Dîn hocha la tête. C'était bien ce qu'il attendait de l'artiste.

– Mais dis-moi, à supposer que le haut dignitaire que tu portraitures soit affligé d'une disgrâce physique, verrue, nez cassé, œil torve ou crevé, que sais-je encore. Reproduiras-tu exactement cette difformité, ou t'efforceras-tu de la masquer?

– Seigneur, je suis portraitiste et non courtisan. Je peins la vérité. Mon honneur s'appelle fidélité.

– Ainsi donc, par souci de fidélité, tu n'hésiterais pas à faire connaître au monde entier que ton roi a une verrue sur le nez?

– Je n'hésiterais pas, non.

Kheir ed Dîn, se sentant vaguement défié par l'orgueil intrépide du peintre, rougit de colère.

– Et ne craindrais-tu pas que ta tête vînt à vaciller sur tes épaules?

– Non, Seigneur, car à la seule vue de son portrait, le roi se sentirait honoré, et non pas ridiculisé par moi.

– Comment cela?

– Parce que mon portrait serait le portrait même de la royauté.

– Et la verrue?

– Ce serait une verrue si royale qu'il n'est personne qui ne serait fier d'en porter une pareille sur son nez.

Kheir ed Dîn fut profondément troublé par ces mots qui rejoignaient si bien ses préoccupations. Il tourna le dos au peintre et se retira dans ses appartements. Mais Ahmed put regagner son atelier. Dès le lendemain Kheir ed Dîn allait l'y retrouver et l'interrogeait à nouveau.

– Je ne comprends toujours pas, lui dit-il, comment tu peux reproduire fidèlement un visage rendu laid et ridicule par une difformité sans divulguer et dénoncer du même coup sa laideur et son ridicule. Tu prétends vraiment ne jamais atténuer les difformités de tes modèles?

– Jamais je n'atténue, affirma Ahmed.

– Jamais tu n'embellis?

– J'embellis certes, mais sans rien cacher. Au contraire, je souligne, j'accentue tous les traits d'un visage.

– Je comprends de moins en moins.

– C'est qu'il faut faire entrer le temps dans le jeu du portrait.

– Quel temps?

– Tu regardes un visage. Tu le vois une minute, deux tout au plus. Et pendant ce temps très court, le visage est tiraillé par des sollicitations accidentelles, absorbé par des soucis triviaux. Après quoi, tu garderas en mémoire l'image d'un homme ou d'une femme avilis par des tracasseries vulgaires. Or suppose que cette

38

même personne vienne poser dans mon atelier. Non une minute ou deux, mais douze fois une heure, réparties sur tout un mois par exemple. L'image que j'en ferai sera lavée des salissures du moment, des mille petites agressions quotidiennes, des menues bassesses qu'inflige à tout un chacun la banalité domestique.

– Ton modèle s'ennuiera dans le désert et le silence de ton atelier, et son visage ne reflètera que le vide de son âme.

– Certes si c'est un homme ou une femme de rien. Et alors oui, je rendrai sur ma toile cet air absent, qui est en effet le masque de certains quand ils ne sont plus harcelés du dehors. Mais ai-je jamais prétendu faire le portrait de n'importe qui? Je suis le peintre de la profondeur, et la profondeur d'un être transparaît sur son visage, dès que cesse l'agitation de la vie triviale, comme le fond rocheux de la mer, avec ses algues vertes et ses poissons d'or, apparaît aux yeux du voyageur quand cesse le médiocre clapotis provoqué à la surface par les rameurs ou une brise capricieuse.

Kheir ed Dîn se tut un moment, et Ahmed, qui ne le quittait pas des yeux, soupçonna pour la première fois quelle blessure secrète recouvraient les triomphes de l'aventurier.

– Cette âme que tu découvres et que tu dessines sur ta toile, est-elle très différente d'un homme à un autre? Ou bien s'agit-il d'un fonds commun à tous les hommes?

– Elle est très différente, et en même temps il y a un fonds commun qui tient à la condition humaine elle-même. Certains par exemple sont habités par un grand amour – heureux ou malheureux. D'autres baignent sans cesse dans un rêve de beauté, une beauté qu'ils cherchent partout, et dont ils trouvent çà et là un reflet. D'autres encore dialoguent avec Dieu, et ne demandent rien de plus pour leur félicité que cette Présence formidable et tendre. D'autres...

– Et les rois? Quel est le propre d'une âme royale?

– Le roi règne et le roi gouverne. Et ce sont des fonctions bien différentes, tout opposées même. Car le roi qui gouverne se bat jour après jour, heure après heure contre la misère, la violence, le mensonge, la trahison, la rapacité. Or en droit, il est le plus fort, mais en fait il est confronté à des adversaires redoutables, et il est contraint pour les battre de retourner contre eux leurs armes injustes, la violence, le mensonge, la trahison. Et il en est éclaboussé jusque sur sa couronne. Tandis que le roi qui règne brille comme le soleil, et, comme le soleil, il répand autour de lui lumière et chaleur. Le roi qui gouverne est secondé par une cohorte de bourreaux hideux qui s'appellent les moyens. Le roi qui règne est entouré d'un chœur de belles jeunes femmes blanches et parfumées qui s'appellent les fins. On dit parfois que ces jeunes femmes justifient ces bourreaux, mais c'est un mensonge de plus des bourreaux. Est-il nécessaire d'ajouter que je peins le roi qui règne, et non le roi qui gouverne?

– Mais que sont, je te le demande, des fins sans moyens?

– Peu de chose, j'en conviens, mais que valent les moyens quand ils ont fait oublier leurs fins, et même quand ils les ont détruites par leur acharnement? En vérité la vie d'un roi est un perpétuel va-et-vient entre ces deux termes. Moulay Hassan passait pour un homme faible et indécis. C'est qu'il ne supportait pas l'image de lui-même qu'il voyait se refléter dans l'œil du bourreau, du supplicié ou du simple soldat. Alors il venait me voir, et quand je dis qu'il venait me voir, c'était bien plutôt lui-même qu'il venait voir ici. Il entrait pâle, découragé, écœuré par les basses œuvres de son métier. Il regardait ses portraits, ceux que tu as fait détruire. A leur lumière, il se lavait de toutes les souillures du pouvoir. Il se regonflait à vue d'œil de sa fierté de roi. Il reprenait confiance en lui-même. Je n'avais pas un mot de réconfort à prononcer. Il me souriait et partait rasséréné.

Visiblement cette évocation de son ennemi déplaisait à Kheir ed Dîn. Pouvait-on sans impertinence le comparer à ce niquedouille? Pourtant c'était dans son lit qu'il couchait, c'était avec son portraitiste qu'il s'entretenait!

– Et ce fonds commun qui se retrouve, as-tu dit, chez tous les hommes?

– Quand tu fais taire le tumulte de la vie quotidienne pour ne plus entendre que la voix de l'âme, cette voix a beau être tout individuelle, personnelle, à nulle autre pareille, il y a un trait qui se retrouve en tout homme et qui te prouve que cette voix – quand du moins elle existe – est son chant profond.

– Quel trait?

– La noblesse.

Kheir ed Dîn se tut encore un moment, réfléchissant à tout ce qu'Ahmed venait de lui dire. Enfin il se dirigea vers la porte de l'atelier, et, sur le point de disparaître, il se retourna et dit:

– A partir de demain matin, une heure après le lever du soleil, tu commenceras mon portrait officiel.

Il s'engagea dans la porte, mais il se ravisa encore:

– En noir et blanc, précisa-t-il.

Le lendemain, Ahmed était prêt. Il se tenait en robe immaculée devant un vaste panneau fait de rubans en papyrus aboutés et superposés, frottés d'huile de cèdre. Sur une table basse se dressaient à portée de sa main des bouquets de plumes, des faisceaux de fusains et des bouteilles d'encre de Chine. Il y avait également des boules de mie de pain pour estomper, et cette gomme laque dissoute dans l'alcool qu'on pulvérise sur le dessin pour le fixer. Il ne manquait plus que le modèle. Il ne se présenta pas.

Ahmed l'attendit toute la journée. Quand la nuit

tomba, sa toile était couverte d'esquisses qu'il y avait jetées pour tromper son ennui. C'était l'ébauche d'un portrait de Kheir ed Dîn fait de mémoire, c'est-à-dire d'après l'idée de lui qui s'était formée dans l'esprit du peintre. Était-ce en raison de cette origine abstraite et symbolique ou parce qu'elle était réduite à des hachures noires sur fond blanc? Il n'émanait de cette figure qu'une impression de force, voire de brutalité. Ahmed en était troublé. Il se demandait pourquoi son nouveau maître ne venait pas poser et pourquoi le portrait – qu'il était contraint de faire de chic – était à ce point dépourvu de la majestueuse sérénité qui sied seule à un souverain. Or il comprit que ces deux questions appelaient une seule et même réponse, lorsque le troisième jour, Kheir ed Dîn fit irruption dans son atelier, et, planté les jambes écartées et les mains aux hanches devant l'esquisse de son portrait, il éclata d'un rire sauvage.

– Je vois, dit-il, que tu n'as nullement besoin de ma présence pour faire mon portrait! Et cela vaut mieux, tu peux me croire. D'abord parce que l'idée de m'offrir pendant des heures à tes regards indiscrets me répugne absolument. Ensuite parce que ce portrait de moi me plaît hautement dans son débordement de force brutale.

– Seigneur, répondit Ahmed, j'ai besoin de votre présence pour faire un vrai portrait de vous, un portrait royal, symbolisant votre souveraineté sur vos sujets et sur vos terres. Et ce n'est pas tout : ce portrait devrait être en couleurs. Et j'ai une autre exigence encore à formuler.

– Quelle exigence? rugit l'ancien pirate.

– Il faudrait que vous consentiez à retirer votre turban et aussi...

– Et quoi encore? hurla Kheir ed Dîn.

– Et aussi votre housse à barbe, prononça courageusement Ahmed.

Kheir ed Dîn se rua sur lui en brandissant sa dague. Mais il se souvint à temps que cette arme dérisoire était de pur apparat. Il la rengaina avec rage, fit demi-tour et disparut, suivi par ses courtisans, dont les regards jetés sur le peintre exprimaient assez qu'ils ne donnaient pas cher de sa peau.

Ahmed demeura profondément bouleversé par cette scène. Il s'attendait à être reconduit en prison, mais aucun soldat ne se montra les jours qui suivirent. En vérité le vide et le silence où on le laissait étaient plus angoissants qu'une menace précise. Il tenta de se remettre au travail. Mais chaque touche qu'il ajoutait au portrait de Kheir ed Dîn aggravait son air de férocité, ce qui n'était guère surprenant après sa dernière visite.

Enfin Ahmed décida d'aller consulter une femme en qui il avait la plus grande confiance – si du moins on le laissait partir, car elle habitait une oasis lointaine en plein désert. Or personne ne parut prendre garde à lui quand il s'aventura hors de son atelier, puis lorsqu'il sortit du palais, et il put, avec une facilité déconcertante, prendre la piste avec un serviteur et deux chameaux.

Kerstine était une artiste comme Ahmed, une consœur en somme, à part cela elle différait de lui autant que le jour diffère de la nuit. Blonde aux yeux bleus, elle était native de Scandinavie et avait apporté avec elle un art né du froid. Dans la villa aux bâtiments bas et blancs, noyés sous les palmes, qu'elle habitait, on entrevoyait la silhouette compliquée de grands métiers à tisser, construits dans un bois inconnu en Afrique, l'érable du Nord. De ces appareils merveilleusement perfectionnés elle faisait sortir heure par heure, avec une patience infinie, des paysages de neige, des scènes de chasse en traîneaux, des forteresses prises dans la glace, des personnages vêtus de fourrure, tels qu'un Africain n'en avait jamais vus ni même imaginés.

Parfois Ahmed lui apportait l'une de ses toiles. La prenant comme carton, elle en tirait avec une habileté consommée une tapisserie, d'une grande fidélité, certes, mais enrichie d'une épaisseur et d'une tendresse telles qu'il avait peine à reconnaître son œuvre ainsi transfigurée. Parce qu'elle a pour matériau la laine – ce que la vie animale produit de plus doux et de plus chaud – la tapisserie célèbre les grandes retrouvailles de l'homme nu avec l'animalité perdue, ses soies, ses duvets, ses toisons.

Kerstine accueillit Ahmed, comme à l'accoutumée, avec la familiarité qui convient entre artistes, tempérée par la retenue due à ses origines nordiques. Ahmed avait apporté le portrait au fusain qu'il avait fait de Kheir ed Dîn. Il raconta à son amie tout ce qu'il savait et avait enduré de l'ancien pirate devenu maître de Tunis. Kerstine parut vivement intéressée par l'extrême susceptibilité qu'il manifestait à l'endroit de sa barbe et de ses cheveux. Ils firent des projets, décidèrent qu'elle lui rendrait visite aussi tôt que possible, et Ahmed reprit la piste de Tunis en ayant échangé son fusain contre un carré de tapisserie où s'épanouissait une grosse fleur de tournesol, de celles que cultivent en raison de sa splendeur solaire les hommes du nord privés de soleil.

Kheir ed Dîn s'absenta de Tunis plusieurs mois pour soumettre le sud du pays. Quand il revint, il était au zénith de sa gloire. Il y avait tout lieu de croire qu'il avait fondé une dynastie millénaire. La nécessité d'en finir avec l'irritante question de son portrait officiel n'en était que plus lancinante. Un matin, il fit donc irruption dans l'atelier d'Ahmed. Aussitôt il chercha des yeux le portrait au fusain qu'il avait apprécié lors de sa dernière visite, et qui, de surcroît, semblait lui avoir porté chance.

– Ce n'était qu'une ébauche, expliqua Ahmed. Je ne l'ai plus.

– Tu as osé le détruire? explosa Kheir ed Dîn, comme s'il se fût agi d'un attentat contre sa personne.

– Au contraire, dit Ahmed, j'en ai fait don à une femme de génie dont j'étais sûr qu'elle tirerait le meilleur parti.

– Quel parti?

Pour toute réponse, Ahmed se dirigea vers l'un des murs de son atelier que masquait une tenture. D'un grand geste, il le découvrit. Kheir ed Dîn poussa une exclamation. Derrière la tenture venait d'apparaître une vaste tapisserie de haute laine. Tout en camaïeu roux, elle figurait un paysage européen d'automne, un sous-bois enfoui dans les feuilles mortes où rampaient des renards, sautaient des écureuils, fuyait une harde de chevreuils. Mais ce n'était rien encore. Au spectateur placé assez loin et plus attentif à l'ensemble qu'aux détails, il apparaissait que toute cette symphonie en roux majeur n'était en vérité qu'un portrait, un visage dont les cheveux et la barbe fournissaient dans leur opulence la matière de tout ce monde forestier – pelage animal, ramage des arbres, plumage de la sauvagine. C'était, oui, le portrait de Kheir ed Dîn, réduit à sa couleur fondamentale, dont tous les tons – des plus dégradés aux plus saturés – caressaient l'œil avec une douceur exquise.

– Comme c'est harmonieux! murmura Kheir ed Dîn après un long silence admiratif.

– L'auteur vient du nord de l'Europe, crut devoir expliquer Ahmed. Elle évoque là un paysage de chez elle au mois d'octobre, quand la chasse reprend. C'est la plus royale des saisons nordiques.

– C'est mon portrait, insista Kheir ed Dîn.

– Sans doute, Seigneur. Tel est l'art de Kerstine : partant de l'ébauche au fusain qu'elle tenait de moi, et ayant en l'esprit un simple paysage d'automne scandinave, elle a immédiatement saisi l'affinité profonde de votre visage avec ce paysage, et elle a intégré votre portrait au sous-bois, tellement que personne ne peut préciser ce qui est frondaison et ce qui est cheveu, ce qui est goupil et ce qui est barbe.

Kheir ed Dîn s'était approché du mur et passait ses deux mains sur la tapisserie.

– Mes cheveux, balbutiait-il, ma barbe...

– C'est vous-même en effet, restitué à votre dignité de roi des arbres, de roi des bêtes grâce à votre toison, à votre pelage, à votre crinière, dit Ahmed.

Et il se souvint par-devers lui d'une phrase mystérieuse prononcée par Kerstine après qu'il eut évoqué la rousseur de Kheir ed Dîn et son origine ignominieuse : « Ce qu'a fait une femme, seules les mains d'une femme peuvent le défaire », avait-elle dit.

Pour mieux goûter sa propre douceur, Kheir ed Dîn avait appliqué sa joue sur la tapisserie. Tournant la tête, il y plongea son visage.

– Quelle bonne et profonde odeur! s'exclamat-il.

– L'odeur de la nature, l'odeur des roux, dit Ahmed. C'est de la laine de mouton sauvage, lavée dans un torrent de montagne et séchée sur des buissons d'euphorbe. Oui, telle est la grande supériorité de la tapisserie sur la peinture : une tapisserie est destinée à être vue certes, mais aussi à être palpée, et encore à être humée.

Alors Kheir ed Dîn accomplit un geste inouï dont la nouveauté remplit d'épouvante les courtisans qui l'accompagnaient : d'un mouvement brusque, il arracha la housse de soie verte qui culottait son menton, et il jeta par terre son vaste turban. Puis il secoua la tête comme un fauve qui veut faire bouffer sa crinière.

– Barberousse! rugit-il. Je m'appelle le sultan Barberousse! Qu'on se le dise! Je veux que cette tapisserie figure en bonne place derrière mon trône, dans la salle d'honneur.

Le lendemain[1], le sultan Moulay Hassan, qui avait rameuté en sa faveur les princes italiens, le pape et l'empereur Charles Quint, reprit Tunis avec une armée de trente mille hommes, portée par une flotte de quatre cents voiles.

Kheir ed Dîn se réfugia en Europe, le pays des automnes roux, où il devint l'ami du roi de France, François I$^{er}$. Il eut encore de nombreuses aventures, mais plus jamais il ne cacha ses cheveux ni sa barbe.

1. 14 juillet 1535.

Zett Zobeida était-elle restée dans la foule pour écouter elle aussi le conteur Abdullah Fehr? Idriss l'avait cherchée des yeux, puis, emporté par le récit, il avait renoncé. Maintenant que tout le monde se levait en silence, il ne pouvait résister à l'attrait du Ksar Chraïa où la troupe des musiciens s'était installée. Il s'avança silencieusement jusqu'aux premiers pans de mur du Ksar. Il y avait deux tentes qu'animaient de rares lueurs. On entendait des murmures, le gémissement d'un petit enfant, des rires étouffés. Soudain éclata l'aboiement furieux d'un chien. Puis une voix d'homme lui ordonnant de se taire. Peu après une pierre siffla aux oreilles d'Idriss et fit crouler des éboulis près de lui. Il rebroussa chemin précipitamment. Mais plus tard, sur la terrasse de la maison familiale, il demeura longtemps les yeux ouverts sur le ciel noir sans trouver le sommeil. Criquet, libellule, écrit, libelle, la vieille ritournelle continuait à danser dans sa tête, et il revoyait le muet discours du ventre nu de Zett Zobeida. Mais Kerstine, la femme blonde venue du nord avec ses laines multicolores, donnait aux images un moelleux qui réconciliait l'homme le plus disgracié par son physique avec son propre portrait. Kerstine aurait-elle aussi bien réussi avec un appareil de photo? Certainement pas. De quel œil

Idriss se verrait-il sur la photo faite par la femme blonde? Il dut dormir un peu, car il ne vit pas le ciel blanchir, et l'horizon oriental rosissait quand il se leva. Il fallait qu'il retourne au camp des musiciens. Il fallait qu'il revoie Zett Zobeida. Il courut vers le Ksar Chraïa. La prudence le fit ralentir et se dissimuler aux abords des premières ruines derrière des murs écroulés. Précautions inutiles, les deux tentes ont disparu. Idriss s'avance sur l'aire du camp. Il n'y a que des foyers éteints et fumants, des fruits pourris, des étrons, des vestiges indéfinissables qu'Idriss retourne de son pied nu. Une mélancolie indicible lui tombe sur le cœur. Partir. Il veut partir avec elle. Comme la femme blonde dans sa Land Rover. Partir, ou alors se marier selon les rites. Partir, plutôt, partir!

Soudain Idriss voit briller quelque chose dans le sable entre ses orteils. Il se baisse et ramasse le plus beau bijou de Zett Zobeida, la goutte d'or avec son lacet cassé. Il la fait rouler dans le creux de sa main. Il l'élève au bout de son lacet, et la fait danser dans le soleil levant.

*Le criquet porte écrit sur ses ailes*
*La libellule fait vibrer un libelle sur ses ailes...*

La musique obsédante lui revient aux oreilles, la danse de Zett Zobeida, la femme noire au bijou abstrait, absolu, sans modèle dans la nature. Il danse lui-même dans la jeune lumière matinale au milieu de ce terrain souillé.

Puis il enfonce la goutte d'or dans sa poche, et il s'enfuit.

Le surlendemain, c'était le jour de Salah Brahim. Avec son vieux camion Renault, il faisait l'aller-retour Tabelbala-Béni Abbès – trois cents kilomètres –, apportant aux oasiens leur courrier et tout ce qu'ils lui avaient commandé lors de son précédent passage, outils, médicaments, vêtements et même du sel et des semences, tout un chargement dont l'augmentation d'année en année mesurait l'autosuffisance décroissante de l'oasis. Son arrivée à la fin de la matinée – il quittait Béni Abbès à l'aube – constituait toujours un petit événement. La distribution, à laquelle il procédait avec toute sa truculence naturelle, faisait de lui un personnage populaire, bien qu'un peu redouté et méprisé par certains. Il était le principal lien vivant avec l'extérieur, et son attitude envers les oasiens n'était pas la même selon qu'ils avaient voyagé ou non hors de l'oasis. Envers ceux qui n'avaient jamais quitté Tabelbala, il affectait une familiarité protectrice et des airs supérieurs qui en imposaient à beaucoup, et exaspéraient certains. Aux yeux des jeunes qui rêvaient de s'expatrier, il brillait d'un prestige indiscutable mais assez suspect.

Idriss savait que sa photo ne pouvait pas se trouver dans le courrier arrivant quatre jours seulement après le passage de la Land Rover. Il assista cependant à la distribution, car c'était comme cela qu'il la recevrait, et désormais chaque distribution le concernait et le concernerait davantage à mesure que l'arrivée de la photo deviendrait plus probable. Combien de temps faudrait-il attendre? Trois, cinq, sept semaines? Le malheur, c'est que sa présence muette à chacune des distributions ne put échapper à Salah Brahim, et dès la troisième, le chauffeur se mit à l'apostropher et à faire des allusions à la fiancée lointaine dont Idriss attendait désespérément – prétendait-il – une lettre d'amour. Puis il joignit le geste à la parole. « La voilà, la voilà », s'écriait-il en brandissant une enveloppe. Il faisait mine ensuite de déchiffrer péniblement le nom du destinataire et concluait d'un air lamentable : « Eh non, mon pauvre Idriss, ce n'est pas encore pour toi. Mais tu sais le nom ressemble un peu au tien. Tu brûles, Idriss, tu brûles, encore un peu de patience! » Les oasiens présents riaient bruyamment de ces plaisanteries.

Finalement Idriss n'osa plus se montrer, lorsque le camion blanc de poussière s'arrêtait devant la petite foule en attente. Mais il promit une poignée de dattes à l'un des enfants des voisins chaque fois qu'il irait à la distribution, et un couteau de poche le jour où il lui rapporterait sa lettre. Aussi sauta-t-il sur ses pieds, lorsqu'il vit un matin l'enfant se précipiter vers lui hors de souffle : « Elle est là! Elle est là! Ta lettre est arrivée! » Seulement Salah Brahim avait refusé de la lui confier. Il prétendait la remettre en main propre à son destinataire. « Mais le couteau tu me le donneras quand même? » suppliait l'enfant. Idriss se dirigea vers le camion avec toute la lenteur qu'exigeait un reste de dignité après les plaisanteries du chauffeur. Salah Brahim fit d'abord semblant de ne pas le voir et poursuivit son appel. Enfin le dernier colis ayant quitté le camion, il exhiba une grosse enveloppe couverte de cachets et ceinturée de nombreuses bandes de papier collant, et hurla le nom d'Idriss aux quatre vents. Les rires commencèrent à fuser. Idriss s'avança.

– Est-ce bien toi ? s'enquit Salah Brahim avec une mauvaise foi bouffonne. Est-ce bien toi Idriss, qui est le destinataire de cette lettre d'amour venue des confins de la mer ?

Il dut subir un interrogatoire grotesque qui fit hurler de rire les hommes qui entouraient le camion. Enfin la lettre lui fut remise, et tout le monde se tut quand il entreprit d'en déchirer l'enveloppe. Quand ce fut chose faite, il en tira une carte postale grand format et en couleurs : elle représentait un âne décoré de pompons qui brayait à pleine gorge, la tête levée, le râtelier largement découvert. Salah Brahim faisait mine de s'étonner au milieu d'une tempête de rires et d'applaudissements.

– C'est là ta fiancée ? Ou bien est-ce ta photo à toi ?

Idriss jeta la carte postale et se sauva en retenant des larmes de colère. C'était la première image que lui valait le passage dans sa vie de la femme à la Land Rover.

Le caporal Mogadem se demanda-t-il pourquoi son neveu Idriss tournait depuis quelque temps autour de son gourbi et lui rendait de timides visites ? L'histoire de la Land Rover abondamment répandue dans l'oasis par la vieille Kuka était-elle parvenue jusqu'à lui ? Rien n'était moins sûr, et d'ailleurs en quoi l'aurait-elle intéressé ? Il jouissait d'un prestige certain à Tabelbala en raison de son passé militaire, de sa pension d'ancien combattant et de l'aisance relative qu'elle lui assurait. Mais c'était un solitaire. Il avait toujours refusé de se marier, ce qui suffisait à faire de lui un marginal, et jamais personne n'avait eu l'idée de citer son nom pour remplacer un membre disparu de la djemaa. Pourtant il s'était un moment intéressé à son neveu, et il lui avait appris non seulement à parler le français, mais de façon rudimentaire à le lire et à l'écrire.

Ce jour-là il était en train de nettoyer les pièces démontées d'un fusil quand Idriss se glissa dans la maison. Il n'y eut, comme à l'accoutumée, aucun mot de bienvenue entre eux. Idriss, le dos appuyé au mur, le regarda faire un moment.

– C'est ton fusil de guerre ? finit-il par lui demander.

– Oh non ! Tu penses ! dit Mogadem. Un fusil de guerre, c'est autre chose. Ça c'est tout juste bon pour les petits oiseaux.

Il rit, et, prenant le canon du fusil, il ferma un œil pour s'en servir comme d'une lorgnette.

– Pour les gazelles, c'est bon aussi? voulut savoir Idriss.

– Pour les gazelles, pour les chameaux et même pour les voleurs. Pour les soldats, il faut un vrai fusil. En Italie, j'avais un 7,5 mm à baïonnette rentrante avec un magasin de cinq cartouches. Les Allemands, eux, avaient presque tous des mitraillettes. Les mitraillettes, ça arrose. C'est bon pour faire du porte à porte dans une ville. Mais ça n'a ni portée, ni précision. Pour tirer à distance, il n'y a que le fusil.

Pendant qu'il parle, Idriss se promène à travers la pièce. Il ne connaît rien de plus luxueux ni de plus confortable que la maison de l'oncle Mogadem. Les murs sont hérissés de trophées de chasse, massacres de gazelles, milan empaillé, éventail de plumes d'autruche, tête de fennec ouvrant sa petite gueule rouge. Il y a sur une caisse tapissée de velours grenat une T.S.F. à piles qu'Idriss n'a jamais entendue fonctionner parce que – lui a expliqué Mogadem – on ne prend bien les émetteurs que la nuit. Mais ce qui retient surtout l'attention d'Idriss, c'est un cadre qui contient en sous-verre la croix de guerre et une photo floue et jaunie où on reconnaît Mogadem étonnamment jeune avec deux copains, comme lui souriants dans leur bel uniforme.

Le caporal lève la tête, et s'essuie les mains à un torchon graisseux.

– Tu peux la regarder, tiens, cette photo! C'est sans doute la seule photo existant à Tabelbala. Il y avait bien celle de Mustapha qui était allé en voyage de noces à Alger. Il s'était fait photographier avec sa femme. Mais je crois bien que la photo a disparu. C'est peut-être la belle-mère qui l'a brûlée. Les vieux n'aiment pas trop les photos ici. Ils croient qu'une photo, ça porte malheur. Ils sont superstitieux, les vieux...

– Et toi, tu ne crois pas qu'une photo peut porter malheur? demande Idriss.

– Oui et non. Mon idée, tu vois, c'est qu'une photo, il faut la tenir, la maîtriser, dit-il en faisant des deux mains le geste d'empoigner quelque chose. C'est pourquoi Mustapha n'avait rien à craindre de cette photo faite à Alger : elle était épinglée au mur. On la voyait tous les jours. C'est comme celle-là. Je la surveille, coincée dans son sous-verre. Mais tu vois, cette photo, elle a toute une histoire. Une histoire tragique. Écoute un peu ça. Nous étions au repos dans un village près de Cassino. Il y avait un gars du service photographique de l'armée. Il m'a pris avec ces deux copains. Plusieurs sections se trouvaient ensemble au repos, et les deux gars assis avec moi appartenaient à une autre section que la mienne. Mais on se connaissait. Au repos, on se retrouvait. On rigolait ensemble. Deux jours plus tard, je rencontre le photographe. Il sort une enveloppe de sa poche, et il me la donne. Elle contenait la photo en trois exemplaires : « C'est pour toi et tes copains », il me dit. « Tu leur donneras à chacun leur photo. » Je remercie et j'attends de rencontrer les deux autres. L'occasion ne se présente pas. Le surlendemain, on montait tous en ligne. C'était le 30 avril 1944. Je suis pas près d'oublier la date. On attaquait une fois de plus les Allemands retranchés dans le monastère du mont Cassin. Les Américains s'étaient déjà cassé les dents dessus au moins deux fois. C'était notre tour. Quel massacre! Des deux côtés, Alliés et Allemands. C'est là que j'ai gagné ma croix. Tu penses que j'avais oublié les photos! N'empêche que je les avais toujours sur moi, bien au chaud contre ma poitrine, un détail important. La semaine suivante, on était de nouveau au repos. Je vais voir à la section de mes deux copains. Cette section avait salement trinqué. Eh bien, après des recherches, j'ai fini par apprendre qu'ils avaient été tués tous les deux...

Il observe en silence la photo encadrée sur le mur.

– C'est une histoire qui m'a fait réfléchir, tu vois. Je pense que cette photo, parce que je la portais sur moi, elle m'a plutôt porté bonheur. Les autres, les deux copains, bien sûr, c'était pas de leur faute, mais ils avaient laissé partir leur image. C'est pas des choses à faire. Je peux pas m'empêcher de penser que si j'avais pu leur donner leur photo à chacun, il leur serait peut-être rien arrivé.

– Alors, leurs photos, qu'est-ce que tu en as fait? lui demande Idriss.

– Je les ai remises au chef de leur section pour qu'il les envoie à leur famille. Ils étaient algériens, l'un de Tlemcen, l'autre de Mostaganem.

Idriss se demandait si son oncle était au courant de son histoire de photo prise par la femme blonde. Il n'en doute plus quand Mogadem lui dit après un silence, et en le regardant au visage :

– Non tu vois, les photos, faut les garder. Faut pas les laisser courir!

Partir. Prendre la route du nord, comme tant d'autres de Tabelbala, mais aussi de Djanet, de Tamanrasset, d'In Salah, de Timimoun, d'El Goléa, de toutes ces taches vertes sur la carte jaune et brune du désert. C'était ce que lui conseillaient la mort brutale d'Ibrahim, la silhouette de la femme blonde, la légende de Kheir ed Dîn, les sarcasmes de Salah Brahim, et même le récit de l'oncle Mogadem. Mais c'était aussi la poussée d'un vieil atavisme nomade qui ne s'accommodait pas d'un avenir enraciné dans les lieux de naissance, de la prison mouvante, chaleureuse mais d'autant plus redoutable, que forment autour d'un homme, une femme et des enfants. Non, il était bien décidé à ne pas se marier. D'ailleurs sa pauvreté lui fournissait un excellent alibi. Où trouverait-il la dot qu'un jeune homme doit verser à son futur beau-père, sinon en allant travailler dans le nord? De même à sa mère, veuve depuis trois ans, qui s'effrayait de voir partir son aîné, il promettait qu'il lui enverrait une partie de ce qu'il gagnerait. Ainsi elle ne serait pas démunie, elle et ses cinq frères et sœurs. Et il citait l'exemple de six oasiens qui faisaient parvenir irrégulièrement à l'épicier de Tabelbala des mandats au profit de leur famille. C'était le cas d'un lointain cousin, Achour, un garçon gai et généreux, qui avait quitté Tabelbala depuis plusieurs années pour aller travailler à Paris, mais n'avait jamais cessé de donner de ses nouvelles. On lui écrirait pour lui annoncer l'arrivée d'Idriss, et ainsi le jeune garçon aurait à Paris une adresse et quelqu'un.

Ce fut tout naturellement à l'oncle Mogadem qu'il fit part en premier de sa décision de partir bientôt. Il le trouva coiffé d'un calot militaire et fumant la pipe, assis sur le ressaut qui forme banc à la base des murs extérieurs des gourbis. Il attendit en silence que son oncle parle le premier. Mogadem n'était pas pressé. Il tirait paisiblement sur sa pipe, les yeux dans le vague. Enfin il se décida :

– C'est vrai ce qu'on dit? Tu t'en vas?

– Oui, je vais au nord chercher du travail.

– Tu vas à Béni Abbès?

– Oui, et ensuite plus loin.

– A Béchar?

– Oui, et ensuite plus loin.

– Tu veux traverser la mer et aller à Marseille?

– Pas seulement à Marseille.

– Tu veux aller à Paris?

– A Paris, oui, chercher du travail.

Mogadem parut un long moment ne s'intéresser qu'au fonctionnement de sa pipe. Puis il leva vers son neveu ses yeux plissés d'ironie.

– Chercher du travail? Ce ne serait pas plutôt une femme blonde que tu vas chercher à Paris?

– Je ne sais pas.

– Tu ne sais pas, vraiment?

– C'est peut-être la même chose.

Mogadem était assez proche d'Idriss pour comprendre ce qu'il voulait dire. Le nord, le travail, l'argent et les femmes platinées, cela faisait partie d'un même tout, confus mais brillant. Le contraire de Tabelbala en quelque sorte. Mais il y avait autre chose encore, et Mogadem le savait mieux que personne.

– Eh bien moi, je vais te le dire, ce que tu vas chercher dans le nord. Tu vas chercher cette photo qu'on t'a prise, et qui ne viendra jamais toute seule à Tabelbala. Va chercher ta photo, rapporte-la ici et cloue-la au mur de ta chambre, comme la mienne ici. C'est mieux comme ça. Ensuite tu pourras te marier et avoir des enfants. A moins que tu préfères rester seul comme moi.

Idriss vint s'asseoir près de lui. Ils n'échangèrent plus un mot, mais leurs pensées suivaient sans doute le même cours. Ils imaginaient Idriss de Tabelbala devenu Idriss de Béni Abbès, Idriss de Béchar, Idriss d'Oran, Idriss de Marseille, Idriss de Paris, et revenu enfin à son point de départ sur ce banc de pisé. Extérieurement il serait sans doute semblable aux vieux oasiens dont les yeux ensommeillés ne voient plus l'oasis pour n'avoir jamais rien vu d'autre. Mais, lui, il aurait des yeux pour voir, aiguisés par la mer et la grande ville, et éclairés de sagesse silencieuse.

Sa mère lui a fait poser son pied nu sur le seuil de la maison et l'a baigné d'un peu d'eau. « Afin que ton pied se souvienne de ce seuil et t'y ramène », a-t-elle prononcé. Maintenant il est parti. Il marche sur la piste nord-ouest, celle qui va à Béni Abbès. Mais il n'en a pas fini encore avec Tabelbala. Il sort de l'oasis quand il est rejoint par Orta, le sloughi des voisins. C'est un animal noble, racé. On lui a marqué les pattes au feu pour détourner le mauvais sort. Quand Idriss allait relever ses pièges à fennecs et à bécasses, il était heureux et fier d'être entouré par les voltes et les bonds du lévrier doré. Orta lui fait fête. Si le garçon quitte l'oasis, n'est-ce pas pour chasser ? Idriss s'arrête et lui ordonne de retourner au village. Le lévrier tourne autour de lui, les oreilles couchées, le fouet battant. Idriss est obligé de faire le geste qu'il redoute : il ramasse une pierre. Le chien gémit en s'éloignant. Idriss le menace. Le chien se sauve, la queue entre les cuisses. Idriss reprend sa route. Cela aurait dû lui être épargné. Cette dernière scène lui a fait plus de mal que tout le reste.

Il sait qu'il ne couvrira pas à pied les cent cinquante kilomètres qui le séparent de Béni Abbès. On ne marche jamais longtemps sur une piste du désert. Il y a une loi de l'aide et de l'amitié sur les pistes du désert.

Et Idriss marche, ayant le soleil levant à sa droite et un croissant de lune à sa gauche, en sachant que dans une minute, dans une heure, ou quand le soleil flambera de toute sa silencieuse colère au-dessus de sa tête, il sera recueilli et emporté par un véhicule vers sa destination. Il rêve que ce pourrait être une Land Rover conduite par une femme blonde – de celles qui capturent des images avec une boîte – mais cette fois ce serait le garçon tout entier qu'elle prendrait. Il n'y aurait pas d'homme assis à côté d'elle, si bien qu'Idriss serait un compagnon bienvenu pour elle. Convient-il à une femme seule de traverser le désert? D'ailleurs elle se fatiguerait vite de conduire sa lourde voiture surchargée de tout l'attirail de la piste, et bientôt elle serait heureuse de passer le volant à son jeune compagnon, lequel deviendrait ainsi le maître du véhicule et le protecteur de la femme.

Il en était là de ses rêveries, quand le grondement lointain d'un moteur l'arrêta. Derrière lui un point noir était sur la piste à l'origine d'un vaste nuage de poussière. S'arrêter, c'est très clairement demander à monter dans le véhicule. Ici on ignore le geste du pouce levé des auto-stoppeurs européens. On attend, c'est tout. Idriss s'arrête et attend. Et soudain, il est frappé d'horreur. Il a reconnu, suant et soufflant, le vieux camion Renault de Salah Brahim. Son premier réflexe est de fuir la piste à toutes jambes. Mais le chauffeur l'a certainement reconnu, et cette fuite serait contraire à sa dignité. Donc il va reprendre sa marche en tournant le dos obstinément au camion, affirmant ainsi clairement qu'il n'est pas candidat au ramassage, qu'il ne demande rien au chauffeur fort en gueule qui l'a si méchamment ridiculisé. Et si le camion s'arrête cependant, ce sera lui, Salah Brahim, qui se trouvera en position de demandeur.

Idriss entend le raffut grandissant du vieux tacot qui approche. Il doit faire effort pour ne pas tourner la tête. Il ne peut s'empêcher toutefois de serrer sur sa droite, car ce n'est pas rassurant de sentir le monstre débouler de toutes ses tôles, chaînes, essieux et pistons dans son dos. Salah Brahim va-t-il stopper? Non. Idriss voit sur sa gauche le mufle fumant de la bête qui le double, la masse ferrugineuse et tintinnabulante qui passe, et aussitôt il est noyé dans un nuage de poussière. Il a le temps de distinguer l'arrière bâché qui disparaît aussitôt. Et tout à coup, le bruit cesse. La poussière se dissipe. Le camion s'est arrêté. La fenêtre de gauche est ouverte, et la tête hilare de Salah Brahim en sort, et avec elle ses bras nus et tatoués, son torse velu moulé dans un tricot kaki de l'armée.

— Eh mais je me disais, qui c'est ce piéton si fier qui me tourne le dos! Mais c'est Idriss! Alors comme ça, tu pars dans le nord?

— Tu vois bien, admit Idriss sans chaleur.

— Je ne te demande pas où tu vas, ni pourquoi. Tu connais ma discrétion. Ça ne me regarde pas. Et ce qui ne me regarde pas, pour moi, c'est sacré. Sinon comment je ferais le métier que je fais, hein, transporter tout ce courrier, tous ces colis? Mais supposons que, tel que te voilà, tu diriges tes pas vers Béni Abbès, hein? Alors ce serait trop bête de ne pas profiter du camion de Salah Brahim, non?

Et ce disant, il a ouvert la porte droite et s'est, d'un bond, rejeté sur son siège de conducteur. Il ne reste à Idriss qu'à monter de mauvais gré. Après tout, il n'a rien demandé. Le chauffeur paraît l'avoir à la bonne. Faut-il admettre que le coup de la photo de l'âne lui donne des remords, ou bien veut-il se jouer à nouveau du jeune garçon?

— Je ne peux pas stationner longtemps, explique-t-il en embrayant. Quand il tourne au ralenti le moteur chauffe. Et si je l'arrête, personne ne peut dire s'il repartira. Tu vois, il y en a qui parlent de prendre leur retraite. Moi, ma retraite, je la prendrai quand mon camion me lâchera. Une retraite forcée, parce que je ne vois pas comment je le remplacerais, mon camion. Mais je me demande aussi ce qu'ils deviendront, les gens de Tabelbala quand Salah Brahim ne viendra plus. Il est vrai qu'alors, il n'y aura peut-être plus personne à Tabelbala. Aujourd'hui tu t'en vas. Le mois dernier, c'était ton cousin Ali que j'ai emmené. Et trois mois avant, j'en ai ramassé quatre qui marchaient comme toi sur la piste vers le nord. Il y en a qui se demandent quand ça va s'arrêter cette fuite. Moi je dis : ça s'arrêtera quand il n'y aura plus que des vieillards et des vieillardes dans l'oasis. Tu me diras : pour un jeune, que faire à Tabelbala? Pas de cinéma, pas de télévision, pas même de bal. Du travail? Les dattes, les chèvres, c'est tout. Alors pas étonnant que les jeunes, ils partent. Note que c'est jamais moi qui les fais sortir de l'oasis. Oh ça non! Pas fou, Salah Brahim! Je sais bien ce que penseraient les gens et ce qui m'arriverait un jour ou l'autre, si j'avais la réputation d'emmener les jeunes de l'oasis! Déjà il y en a qui ne m'aiment pas. Non, les jeunes, ils partent sans moi, avec leurs pieds. Plus tard peut-être, pas toujours, je passe avec mon gros balai à roulettes, et je les ramasse. Je suis serviable, que veux-tu! Quand je vais de Tabelbala à Béni Abbès bien sûr. Parce que quand je reviens de Béni Abbès à Tabelbala, alors là, jamais personne à prendre sur la piste. Tabelbala, ça se vide, ça ne se remplit pas!

Idriss n'écoutait que d'une oreille le bavardage de Salah Brahim qui se mêlait au fracas du moteur. Trois mots pourtant avaient éclaté dans sa tête avec une séduction irrésistible : cinéma, télévision, bal. Ils coloraient de leur phosphorescence magique la sensation si nouvelle et si heureuse de filer à vive allure, assis dans un fauteuil, à deux mètres au-dessus de la piste. Aucun chameau ne remplaçait cela. Quelle merveille, la vie motorisée, automatisée, moderne! La terre rougeâtre présentait des ravines et des coulures arrondies semblables aux reliefs d'une grève récemment découverte par la marée basse. Et pourtant il n'était pas tombé une goutte d'eau depuis des années, des siècles peut-être. Idriss, qui connaissait ce sol comme son élément naturel, le découvrait sous un aspect nouveau grâce au camion. Il apprenait que les plaques de sable freinent brutalement le véhicule, que les ornières le déséquilibrent, que les rochers surgissent à fleur de terre avec une soudaineté diabolique. Et fatalement ce fut tout à coup la tôle ondulée. Salah Brahim émit un juron, rétrograda et écrasa l'accélérateur. Le véhicule, soumis à une trépidation forcenée, fonça en avant. Les essieux vibraient. Tous les objets contenus dans le camion tressautaient. Salah Brahim et Idriss se regardaient en claquant des dents.

– Il faut se maintenir au-dessus de quatre-vingts à l'heure, articula le chauffeur, ou alors rouler au pas.

Le vieux tacot surmené semblait maintenant voler au-dessus des obstacles. La trémulation en s'accélérant était devenue un tremblement presque supportable. Salah Brahim évitait en souplesse les trous et les bosses les plus visibles.

– Je ne pourrais pas faire ça en venant de Béni Abbès avec tout mon chargement, dit-il. Mais à vide, en faisant attention...

Soudain une gazelle jaillit devant le camion. Elle galopait à vastes bonds si légers qu'elle paraissait se jouer. Idriss crut un instant que le chauffeur poursuivait l'animal, mais ce n'était qu'une apparence. Il ne se serait pas laissé aller à un enfantillage inutile et dangereux. Idriss fut déçu de voir la gazelle obliquer sur la gauche et disparaître à sa vue.

– Autrefois, quand le camion et moi on était jeunes, commenta Salah Brahim, j'aurais essayé de la tirer. Oui, j'avais toujours mon fusil dans la cabine. Je tenais le volant de la main droite et je tirais de la gauche.

Mais ça, c'est bien fini. D'ailleurs on va trop vite pour mon moteur. Dans dix minutes, si la tôle continue, faudra s'arrêter.

Il n'y eut pas à s'arrêter. A la tôle ondulée avait succédé une aire de sable dure comme une dalle de ciment sur laquelle le véhicule filait en douceur. Le soulagement était si sensible que les deux hommes se laissèrent aller en arrière contre le dossier de leur siège.

– Fech-fech, prononça Salah Brahim. Croûte de sable et d'argile. C'est du gâteau aussi longtemps que la croûte supporte le poids du camion. Mais quand elle casse, oh la la! La cabriole, mon frère, la cabriole!

La vitesse et le violent courant d'air qui passait dans la cabine auraient pu faire oublier la chaleur. Mais le paysage avait cette allure hébétée que donne le martèlement du soleil au sommet de sa courbe. Salah et Idriss se turent un long moment, un peu assoupis, à demi conscients d'échapper par miracle à la fournaise. L'apparition d'un fantôme d'oasis vint aggraver la tristesse que donnent à un paysage l'excès de lumière, l'absence d'ombre. On distinguait des pans de mur, une bergerie effondrée, derrière une rangée de palmiers lépreux, la coupole blanche d'un petit marabout.

– Tu vois, ici, grogna Salah Brahim, il n'y a plus que les morts qui sont chez eux. Je me demande souvent si Tabelbala, ça ne sera pas ça dans peu d'années.

Il fallut ralentir pour s'engager sur une zone de sable blanc qui éblouissait comme de la neige.

– On m'a dit qu'à l'est, du côté d'El Oued, raconta Salah Brahim, le sable il est tout blanc comme ça. Chez nous, il est plutôt jaune. J'aime mieux ça. Ce sable blanc, c'est mauvais pour le camion, et puis ça fait mal aux yeux.

Le véhicule dérapait et glissait de droite et de gauche comme sur du verglas. Salah Brahim grommela un juron. Un homme se tenait immobile, debout au bord de la piste. Il ne faisait pas un geste, mais son attitude disait assez qu'il attendait le camion. Idriss eut l'impression que Salah Brahim accélérait, et, en effet, ils passèrent à vive allure devant le piéton. Mais ce fut pour ralentir aussitôt et s'arrêter. Penché par la fenêtre, Idriss vit l'homme s'élancer vers le camion. Il en était à une dizaine de mètres, quand Salah Brahim embraya et remit les gaz. Le véhicule s'ébranla et prit de la vitesse, distançant l'homme qui ralentit et finit par s'arrêter. Aussitôt le camion ralentit à son tour et stoppa. L'homme reprit sa course pour le rejoindre. Salah Brahim embraya et repartit à vive allure. Déconcerté, l'homme cessa de courir et marcha d'un pas cependant accéléré sur le bord de la piste. A nouveau le camion ralentit et s'arrêta.

– Pourquoi tu fais ça? demanda Idriss.

– Je suis obligé de le prendre, c'est la règle. Mais je ne l'aime pas. Alors je le fais souffrir.

– Comment s'appelle-t-il?

– Je ne sais pas.

– Alors tu ne le connais pas?

– Lui, non. Mais c'est un Toubou.

Idriss n'en demanda pas davantage. S'il n'avait jamais vu de Toubou à Tabelbala, il connaissait l'exécrable réputation de ces nomades noirs du Tibesti que la sédentarisation avait décimés, dispersés et transformés en vagabonds et en aventuriers du désert. On les disait paresseux mais infatigables, ivrognes et goinfres, mais d'une sobriété surhumaine dans leurs déplacements, taciturnes, mais mythomanes dès qu'ils profèrent une parole, farouchement solitaires, mais voleurs, violeurs et meurtriers dès qu'ils sont en société. Il y avait tout cela dans la face dure au regard brûlant qui s'encadra dans la fenêtre du camion. Salah Brahim tira violemment Idriss vers lui pour faire de la place au nouveau venu. Puis le camion s'ébranla, mais le chauffeur dès lors s'enferma dans un silence hostile. Il y eut une zone de cailloutis, et il fallut ralentir pour ménager les pneus. Puis toute trace de piste disparut, et le camion obliqua complètement vers l'est, car la route goudronnée allant d'Adrar à Béni Abbès ne pouvait plus être loin. Elle apparut en effet une heure plus tard, et le camion s'y engagea, à gauche, direction nord, et put adopter une vitesse de croisière régulière qui parut grisante à Idriss.

Ils avaient dû faire une centaine de kilomètres, quand le Toubou rompit soudain le silence. Il prononça quelques mots dans un dialecte rauque dont Idriss devina le sens.

– Que dit-il? demanda Salah Brahim.

– Il dit : la route est coupée, transmit Idriss.

– Évidemment, grogna Salah Brahim. Il a remarqué comme moi que depuis que nous roulons sur la route, nous n'avons pas croisé un seul véhicule. C'est absolument anormal.

– Qu'est-ce qui coupe la route? demanda Idriss.

– Oh, il n'y a qu'une possibilité : l'oued Sahoura. Il coule en moyenne une fois par an. Nous avons encore un quart d'heure de bon. Ensuite, inch Allah!

Vingt kilomètres plus loin en effet, la route descendait dans une sorte de vallon et plongeait dans un torrent qui charriait des eaux tumultueuses et chocolatées. Le camion dut stopper derrière une colonne de véhicules immobilisés. De l'autre côté de l'oued, à une centaine de mètres, on voyait une colonne semblable, également immobilisée. En l'absence de pont, la route traversait le lit de l'oued sur une dalle cimentée d'une trentaine de centimètres de haut. La plupart du temps, le passage se faisait à sec. Ce jour-là, un orage ayant crevé à quelques kilomètres en amont, ses eaux déferlaient sur la chaussée sans qu'on puisse en mesurer exactement la profondeur. Et cela pouvait durer deux heures, comme deux jours. Les trois hommes sautèrent du véhicule et descendirent rejoindre un groupe qui palabrait au bord du torrent. La grande question, c'était de savoir si un véhicule avait des chances de passer sur l'autre rive, compte tenu de la profondeur et de la violence du flot. Il fallait craindre la vase déposée sur la dalle et la rendant glissante, et aussi l'immersion du tuyau d'échappement qui devait fatalement entraîner l'arrêt du moteur. Un jeune garçon retroussa sa djellaba et s'avança dans le courant en s'appuyant sur une perche. Il fit quelques pas et revint précipitamment sur la rive. Ses jambes étaient couvertes de blessures. Car il y avait aussi cela : les pierres entraînées à vive allure par le flot.

On s'affairait un peu plus loin autour d'un vieux Dodge chargé de ballots de laine. Le chauffeur venait d'adapter un tuyau de caoutchouc au bout de son pot d'échappement et le ligaturait à une ridelle, assez haut pour que l'eau ne l'atteigne pas. Il sauta sur son siège et donna de grands coups d'avertisseur pour attirer l'attention générale. Puis il commença à dévaler la pente, et les roues avant du Dodge plongèrent dans le flot boueux. L'entreprise sembla d'abord vouloir réussir, car il apparut que l'eau ne montait pas au-dessus des roues et ne menaçait pas les organes vitaux du moteur. Éclaboussé de taches brunes, le lourd véhicule progressait en se dandinant. Il avait parcouru environ un tiers de la traversée quand il fut évident qu'il déviait de la ligne droite. Cédait-il sur le fond glissant à la pression du courant qui le poussait vers la gauche, ou bien le chauffeur avait-il la vue brouillée par le torrent qui filait devant son pare-brise à une allure vertigineuse ? Il devait rouler maintenant à l'extrême gauche de la dalle invisible. Puis il s'inclina soudain du côté gauche, d'abord l'avant, puis l'arrière. Les roues avaient quitté la chaussée. Et le Dodge bascula lentement et se coucha dans les eaux brunes. Il ne devait pas y avoir plus d'un mètre de fond. Le chauffeur sortit par la fenêtre droite du camion et commença à marcher sur sa cargaison de laine en faisant de grands gestes désespérés.

Salah Brahim et Idriss regagnèrent le Renault. Le Toubou avait disparu.

– Je ne sais pas ce qu'il trafique, grogna Salah Brahim, mais tels que je connais ces gars-là, je serais bien surpris qu'il reste longtemps à attendre de ce côté de l'oued. Rien n'a jamais arrêté longtemps un Toubou.

Il s'assit, posa ses mains sur ses genoux et fixa d'un air lugubre l'arrière de la voiture arrêtée devant le camion.

– Et veux-tu que je te dise une chose? Eh bien si tu lui demandais où il va et ce qu'il compte y faire, il ne te répondrait pas. Ou alors il inventerait une histoire à dormir debout. Parce qu'en réalité, un : il ne sait pas où il va, deux : il n'a pas l'intention d'y faire quoi que ce soit. C'est ça un Toubou, ça se déplace par principe, sans but et sans raison. Le vagabondage total, quoi!

Il se tut pour regarder une grosse Toyota tout terrain qui descendait vers l'oued. Elle stoppa, et le Toubou en descendit. Salah Brahim ne fut pas peu estomaqué de l'entendre expliquer que la Toyota allait traverser grâce à ses quatre roues motrices et à son tuyau d'échappement de toit, et qu'il avait convaincu le chauffeur de prendre en remorque le camion Renault. Et joignant le geste à la parole, il brandissait un câble métallique de remorquage équipé d'un amortisseur à ressort.

Salah Brahim se leva incrédule et cependant docile. Les échanges avec le chauffeur de la Toyota – qui était anglais – se limitèrent au minimum, mais confirmèrent les propositions du Toubou. Comment ce diable d'homme avait-il pu combiner cette solution, et surtout pourquoi agissait-il ainsi? Il ne restait qu'à fixer le câble à l'avant du Renault et à l'arrière de la Toyota, et à laisser glisser les deux véhicules vers l'oued. Le Toubou resta à bord de la Toyota. Lourde et puissante comme un char d'assaut, elle franchit l'oued en faisant jaillir des gerbes d'eau terreuse. Salah Brahim, obligé de suivre, pestait que ce maudit Anglais n'avait pas besoin de rouler aussi vite, d'autant plus que les remous créés par la Toyota venaient heurter en vagues furieuses l'avant et jusqu'au pare-brise du Renault. Lorsqu'ils prirent pied sur la rive droite de l'oued, les deux véhicules ressemblaient à deux blocs de boue luisante. On les entoura. Il fallut descendre et répondre aux questions, aux bourrades, aux félicitations. On les aida à laver leur pare-brise. Dans toute cette animation, Idriss fut sans doute le seul qui remarqua un homme solitaire, s'éloignant de la route d'un pas tranquille et léger, le Toubou.

Salah Brahim et l'Anglais se serrèrent la main, et les deux véhicules prirent la direction de Béni Abbès, bientôt séparés par la vitesse supérieure de la Toyota. Ce ne fut qu'une heure plus tard que Salah Brahim s'inquiéta du Toubou.

– Tu crois qu'il est resté avec l'Anglais? demanda-t-il.

– Non, répondit Idriss, je l'ai vu partir à pied dans le désert.

Salah Brahim réfléchit un moment, et brusquement freina et arrêta son véhicule. Il ouvrit le gantier du tableau de bord, et en tira un vieux et vaste portefeuille.

– Sacré salaud! Il est parti avec mon fric!

– Combien?

– Je ne sais pas exactement. Au moins douze cents dinars. Il n'a pas perdu sa journée!

– Il nous a fait aussi gagner du temps, plaida Idriss.

– Ça fait cher le passage de l'oued!

Salah Brahim ne desserra plus les dents jusqu'aux

premières maisons de Béni Abbès. Il n'eut pas le loisir de faire les honneurs de la ville à son jeune compagnon. Deux gendarmes motocyclistes en faction au bord de la route lui firent signe de s'arrêter.

– Vous êtes priés de nous suivre à la gendarmerie.

Et les cinq cents mètres suivants furent faits sous escorte de motards. A la gendarmerie, ils retrouvèrent l'Anglais de la Toyota. Il avait porté plainte : le compagnon de route de Salah Brahim lui avait dérobé une liasse de cinq mille dinars. Heureusement Salah Brahim était connu à Béni Abbès. Il raconta la rencontre avec le Toubou et le vol dont il avait été lui-même victime. L'Anglais admit qu'Idriss n'était pas l'homme qu'il avait transporté dans sa Toyota. Le chef de la gendarmerie se moqua sans pitié de Salah Brahim. Qu'un touriste anglais se fasse dévaliser par un Toubou, passe encore. Mais lui, un vieux renard du désert! Évidemment il y avait eu la crue de l'oued Sahoura, mais cela aussi c'était le désert!

Quand ils sortirent de la gendarmerie après avoir signé des procès-verbaux, la hargne de Salah Brahim se déchargea sur Idriss. Sans doute le jeune garçon était innocent de toute cette journée exécrable, mais Salah Brahim l'avait ramassé au bord de la route, comme il devait plus tard ramasser le Toubou, et cela créait une certaine affinité entre le Toubou et lui. Et puis, le moins qu'on pouvait dire, c'était qu'il ne lui avait pas porté bonheur. Un compagnon de route comme ça, mieux valait l'éviter. Il le saurait à l'avenir!

Idriss passa la nuit dans la cour d'une sorte de ferme en ruine du vieux ksar situé au milieu de la palmeraie. Vidé de ses habitants par la Légion étrangère au début de la guerre [1], ce village traditionnel bâti en terre sèche servait de refuge aux gens de passage avant d'achever

1. En 1957.

de disparaître. La tête bruissante des aventures de sa première journée de voyage, il ne trouvait pas le sommeil entre les ronflements d'un gros homme et les gémissements d'un bébé accroché à sa mère. Il ne cessait de revoir le visage dur et rusé du Toubou, entouré de l'auréole crapuleuse que lui valait l'habileté avec laquelle il avait dépouillé coup sur coup l'Anglais et Salah Brahim. Il rejoignait dans l'imagination d'Idriss le souvenir d'Ibrahim, mais il était encore plus prestigieux que lui. La solitude dont s'entourait le Toubou, comme d'un halo obscur, était plus farouche encore que celle du Chaamba. Ibrahim vivait seul la plupart du temps avec son troupeau de chameaux. Mais il parlait à ses bêtes, subvenait à leurs besoins, comme elles le nourrissaient elles-mêmes. Il avait des échanges humains avec les autres bergers et les gens de l'oasis. Le Toubou, lui, paraissait en lutte ouverte ou masquée avec tous ses semblables. Idriss avait vite réprimé l'élan de sympathie qu'il avait éprouvé en voyant le Toubou s'éloigner de sa démarche ailée après le passage de la Sahoura. Non, cet homme n'aurait pas accepté un compagnon, ou alors par ruse seulement, et dans le dessein de le voler et de l'abandonner ensuite, mort ou vif. C'était un fauve. Non, ce n'était pas un fauve. Aucune bête ne s'entoure d'une pareille solitude, aucune bête ne se comporte avec autant d'hostile indifférence à l'égard de ses semblables. Seul un homme est capable de cela. Seul un homme... Seul un homme. Idriss finit par s'endormir en voyant se mêler dans son rêve le visage d'Ibrahim et celui du Toubou.

*

On lui avait parlé d'une « mer de sable ». Idriss n'avait jamais vu la mer, mais il en eut une image parfaitement fidèle en butant au bout d'une rue sur la

72

grande dune qui montait, vierge et dorée, jusqu'au ciel. Une colline d'au moins cent mètres de haut, douce et parfaitement intacte, sans cesse caressée et remodelée par le vent, annonçait ainsi, comme sa première vague, l'immense océan du Grand Erg occidental. Il ne put se retenir de se jeter à l'assaut de cette montagne instable et tendre, qui croulait sous ses pieds en cascades blondes, et au flanc de laquelle il se coucha un moment pour reprendre son souffle. Pourtant l'escalade n'avait rien d'éprouvant, et il se trouva bientôt à cheval sur la crête, une arête rigoureusement dessinée, qu'un friselis provoqué par le vent ne cessait de peigner et d'aiguiser. A l'est moutonnait à l'infini, jusqu'à l'horizon, l'échine d'or d'une infinité d'autres dunes, une mer de sable, oui, mais figée, immobile, sans un navire. En se retournant, il voyait à ses pieds les gourbis cubiques, les dômes et les terrasses du village, et, plus loin, en contrebas, la toison verte de la palmeraie. Une rumeur de cris, d'appels, d'abois, et soudain, planant sur la communauté, le chant du muezzin, montaient comme seule preuve de vie de l'oasis. En redescendant, il constata que la trace de ses pas au flanc de la première dune était déjà effacée, comme absorbée, digérée par l'épaisseur du sable. La dune était à nouveau vierge et intacte comme au premier jour de la création. Il se demanda par quel miracle cette masse de sable meuble, constamment travaillée par l'air, n'envahissait pas les rues, ne recouvrait pas les maisons. Mais non, elle s'arrêtait bien sagement au pied d'une murette de quelques centimètres qui limitait le village.

Ses pas le menèrent aux abords de l'hôtel *Rym*, somptueuse résidence signée par l'architecte Fernand Pouillon, avec piscine, tennis et terrasse dominant la palmeraie. A cette heure encore matinale, un carrousel de voitures et de motos de toutes marques et nationalités tournait devant les entrées. Idriss s'arrêta, ébahi par tant de luxe et intéressé par la variété des véhicules. Il entrevoyait l'amorce de la terrasse agrémentée de parasols rouges sous lesquels des couples prenaient gaiement leur petit déjeuner. Il y avait des hommes barbus en salopette bleue, des soldats en uniforme kaki, quelques enfants qui se poursuivaient en criant autour des tables, mais surtout des femmes, dont une blonde au verbe haut ressemblait – sans l'égaler – à celle de la Land Rover.

– Dis donc, toi là-bas! Tu n'as rien à faire ici. Va un peu plus loin!

Un employé noir qui avait porté les valises et les sacs d'une famille sur le départ, apostrophait Idriss et l'arrachait à sa contemplation. C'était la première fois qu'on lui parlait sur ce ton. Il demeura saisi d'étonnement, non parce qu'il ne comprenait pas, mais au contraire parce qu'il découvrait soudain avec une clarté lumineuse sa place dans cette société si nouvelle pour lui. Non seulement il n'appartenait pas à la catégorie des clients de l'hôtel, mais le personnel avait le droit de l'interpeller et de le chasser. Il s'éloigna en ruminant cette vérité essentielle, évidente, mais qu'il ne soupçonnait pas quelques minutes plus tôt.

Il traversa le village, s'emplissant les yeux de cafés, épiceries, coiffeurs, échoppes d'artisans, amoncellements de légumes verts, flairé par des chiens, refoulé par le passage de voitures, à la fois émerveillé et meurtri, ayant encore dans l'oreille l'interpellation du Noir de l'hôtel Rym : tu n'as rien à faire ici, toi, va un peu plus loin. Il découvrit la piscine communale alimentée par une source minérale jaillissante et ombragée par un rideau de glycines et de bougainvillées. Des jeunes garçons plongeaient et se poursuivaient avec des rires et des exclamations. Après l'hôtel Rym, c'était une autre image de paradis qui s'offrait, image de fraîcheur, de nudité heureuse, de jeux gratuits. Il s'assit au pied d'un palmier pour mieux contempler ce tableau. L'un des adolescents, luisant comme un poisson, passa tout près de lui. Son regard rieur l'effleura, et quelques gouttes d'eau l'atteignirent. Idriss ne bougea pas. C'était bien en effet un tableau qu'il observait, une scène fermée à laquelle il n'avait pas accès. Poussiéreux et affamé, déjà fatigué alors que la matinée s'achevait à peine, il n'était pas le frère de ces enfants, de son âge pourtant, qui s'ébattaient en criant de joie entre les eaux vertes du bassin et les grappes mauves suspendues sur leurs têtes. Petit migrateur venu du sud, embarqué dans une aventure incertaine que rien ne devait retarder, Idriss s'était posé là comme un oiseau de passage.

Il reprit sa déambulation, descendit une ruelle, s'attarda à l'étalage d'un confiseur, lequel sommeillait sur une chaise et lui offrit un gâteau de miel après avoir constaté qu'il ne volait rien. Il approchait de la grande palmeraie, quand il se trouva devant la porte du musée saharien, une dépendance du *Laboratoire des zones arides* entretenu par le C.N.R.S. français. L'entrée coûtait deux dinars, somme excessive pour le faible pécule qu'il avait emporté. Il allait redescendre dans la palmeraie, quand un grand car climatisé s'arrêta devant le musée. Ses portes avant et arrière se replièrent, et des touristes commencèrent à en descendre et à s'égailler au-dehors. C'était un voyage organisé d'hommes et de femmes du troisième âge, et l'effet était étrange de tous ces dos courbés, cheveux blancs et doigts secs accrochés à des cannes. Le guide paraissait très vert en comparaison, et il mettait dans son rôle de boute-en-train une juvénilité qui semblait un peu forcée. A la grande joie des autres voyageurs, il donnait le bras avec des airs de galanterie bouffonne à une vieille fille d'aspect revêche et compassé. On sentait que c'était une plaisanterie qui durait depuis le début du voyage. Idriss se mêlant au groupe se retrouva dans la première salle du musée meublée de vitrines et peuplée d'animaux naturalisés. Le guide faisait de grands gestes et courait çà et là en débitant un boniment ou des plaisanteries sur un ton de camelot. Une petite cour de fidèles l'entourait et ponctuait ses phrases de rires enchantés. Le reste des visiteurs s'était répandu dans les autres salles et le jardin du musée. Idriss écoutait de toutes ses oreilles un discours dont chaque phrase, chaque mot le concernait.

– Vous êtes ici, mesdames et messieurs, et même vous mademoiselle, pour découvrir les secrets du désert et les charmes du Sahara. Comme vous le constatez, le désert n'est pas aussi désert qu'on le dit, puisqu'il est peuplé par tous les animaux empaillés qui vous entourent. Empaillés, oui, car pour ce qui est des animaux vivants, il faut bien dire qu'ils ont tous disparu, victimes non des rigueurs du climat, mais de la méchanceté des hommes. C'est le cas notamment de la gracieuse gazelle et de l'autruche aux capacités stomacales pourtant réputées. C'est aussi le cas du mouflon, du guépard, du fennec, du porc-épic. Je ne cite que pour mémoire le lion, ce roi du désert, dont le dernier exemplaire a été tué, comme chacun sait, par Tartarin de Tarascon. En revanche voici dans sa cage la modeste gerboise. La gerboise est – comme vous pouvez vous en assurer – le produit fortement miniaturisé du croisement du kangourou australien et du mulot auvergnat. Aux amateurs d'êtres visqueux et rampants, nous avons à offrir le lézard, le varan et le scinque, dit poisson des sables. Mais rien n'égale la sauterelle, délicieuse aussi bien frite à l'huile que confite dans du miel.

Un vieux monsieur leva timidement un doigt d'écolier. L'œil pétillant, il voulait savoir si le poisson des sables se pêche au ver ou à la mouche.

– Excellente question! s'exclama le guide. Sachez donc que les enfants des oasis les attrapent à la main, ni plus ni moins que des truites dans un torrent de montagne. Ils les mangent rôtis sur un lit de braises. Mais ils en font aussi des animaux familiers avec lesquels ils jouent et qu'ils attellent par exemple à des petites voitures.

Il se déplaça au milieu des vitrines, suivi par le petit groupe de ses fidèles auxquels s'était mêlé Idriss. On avait dans un coin reconstitué ce qu'une pancarte appelait *L'aire alimentaire de l'habitat saharien.*

– Voici donc la kitchenette-salle-à-manger de l'oasien, reprit le guide. Ustensiles de cuisine : le mortier et le pilon en bois d'acacia, grâce auquel on réduit en poussière dattes, carottes, henné, myrrhe. La femme qui a terminé son pilage doit laisser le pilon dans le mortier avec quelques miettes pour qu'il s'en nourrisse après le travail qu'il a fourni. Voici le tamis, le moulin de lumachelle et les cribles pour la semence. Et aussi le grand plat à tout faire. On y pétrit le pain et les galettes. Les cruches pour le lait, les outres pour l'eau, les courges évidées pour le fromage, le beurre clarifié et la graisse.

Idriss ouvrait de grands yeux. Tous ces objets, d'une propreté irréelle, figés dans leur essence éternelle, intangibles, momifiés avaient entouré son enfance, son adolescence. Il y avait moins de quarante-huit heures, il mangeait dans ce plat, regardait sa mère actionner ce moulin.

– Je ne vois ni cuillère, ni fourchette, s'étonna une vieille dame.

– C'est, madame, que l'oasien, tel notre ancêtre Adam, mange avec ses doigts. Il n'y a aucune honte à cela. Chacun puise de sa main droite une petite poignée de nourriture, la ramasse au creux de sa paume gauche, l'arrondit en boulette, puis du pouce droit l'amène au bout de ses doigts pour la porter à sa bouche.

Et il mima l'opération, imité par quelques touristes dont la gaucherie souleva des rires.

– Mais ne croyez pas que l'oasien manque pour autant de civilité. On connaît les règles élémentaires de la politesse au Sahara. Avant chaque repas, il faut se laver les mains, et non pas dans une eau dormante, mais dans une source ou sous le filet d'une cruche tenue par une autre personne. Il faut également invoquer la bénédiction d'Allah. On ne boit pas en mangeant, mais après le plat principal. L'eau ou le petit lait circulent alors vers la droite, et il convient de tendre les deux mains pour saisir la cruche ou le vase à lait. Il ne faut pas boire debout. Si on se trouve debout, pour boire on met un genou à terre. On ne doit pas partager un œuf.

Idriss écoutait avec étonnement. Ces règles de vie quotidienne, il les connaissait pour les avoir toujours observées, mais comme spontanément et sans les avoir jamais entendu formuler. De les entendre de la bouche d'un Français, confondu dans un groupe de touristes à cheveux blancs, lui donnait une sorte de vertige. Il avait l'impression qu'on l'arrachait à lui-même, comme si son âme avait soudain quitté son corps, et l'observait de l'extérieur avec stupeur.

Le guide souleva la gaieté générale en concluant :

– Et la saine hiérarchie doit toujours être respectée : les meilleurs morceaux vont aux hommes, les moins bons aux femmes et aux enfants.

Enfin on fit station devant une armoire vitrée où s'étalaient des bijoux et des amulettes.

– Inutile, mesdames et messieurs, de chercher ici la tête de chien, la silhouette de chameau, le scarabée et moins encore le bonhomme et la bonne femme. Non, les bijoux sahariens ne représentent rien. Ce sont des formes abstraites, géométriques ayant valeur de signes, non d'images. Voici en argent massif des croix, des croissants, des étoiles, des rosaces. Voici des agrafes, des boucles, des anneaux en corne de chèvre. Les bracelets de cheville ou chevillères doivent empêcher les démons de la terre de remonter le long des jambes et d'envahir tout le corps. Les bijoux les moins précieux ne sont que des coquillages. Les plus précieux sont en or, mais vous n'en verrez pas dans ce musée. Sans doute les a-t-on volés depuis longtemps.

Lorsque les visiteurs commencèrent à s'éloigner, Idriss s'approcha de l'armoire. Ces bijoux d'argent, il les avait vus sur sa mère, sur ses tantes, sur d'autres femmes de Tabelbala. Des photos montraient des visages couverts de peintures faciales rituelles sur lesquels Idriss aurait presque pu mettre des prénoms familiers. Enfin comme il s'écartait de la vitre, il vit apparaître un reflet, une tête aux cheveux noirs, exubérants, à la face mince, vulnérable, inquiète, lui-même, présent sous cette forme évanescente dans ce Sahara empaillé.

De Béni Abbès à Béchar, il faut compter deux cent quarante kilomètres sur une belle route goudronnée, mais sans ravitaillement en eau ni en essence. Idriss a trouvé place en surnombre dans un taxi frété par cinq commerçants mozabites. Ils n'ont admis le jeune garçon parmi eux que par économie et parce qu'ils voyageaient sans femme. Tous épiciers, reconnaissables à leurs visages larges, jaunes et mous, lunettés de verres fumés qui leur donnent un air fragile et sournois, probablement fort riches et propriétaires d'une opulente demeure dans les jardins de Ghardaïa, ils affectent de l'ignorer durant les cinq heures que dure le voyage. Ils échangent gravement de rares propos, séparés par de longs silences méditatifs, sur l'enchérissement du raisin de Corinthe, l'effondrement de la datte, la flambée des nèfles, et parfois baissent les yeux tristement sur leurs mains qu'entoure un chapelet d'ébène. En les écoutant, Idriss entrevoit tout un horizon de magasins, de supermarchés, d'entrepôts, de navires et d'avions-cargos, un va-et-vient de richesses immenses, mais devenues, en passant par ces hommes, impalpables, incolores, inodores et insipides, parce que réduites en chiffres, en signes, en figures abstraites. L'austérité, la discrète mélancolie des cinq voyageurs, c'est l'opulence soumise à la sobriété, les bénéfices commerciaux bénis par le désintéressement, la réussite sur la terre recherchée seulement comme preuve de conformité aux commandements du ciel. Idriss devait se souvenir de cette brève et amère leçon de maîtrise des choses par les puritains du désert.

Pourtant ces hommes graves et méprisants ne l'ignoraient pas autant qu'il semblait, et ils devaient avant de le quitter faire un geste pour lui. Ils se trouvaient sur le bord de la route et venaient de régler le chauffeur du taxi, quand le plus âgé se tourna vers Idriss.

— J'ai cru comprendre que tu allais à Marseille ? lui dit-il. Si tu ne sais pas où loger, adresse-toi de ma part à Youcef Baghabagha qui tient l'hôtel Radio, 10 rue Parmentier. Mais munis-toi de ma recommandation. Il n'accepte que les Mozabites et leurs amis.

Il griffonna sur son calepin ce nom, cette adresse et une phrase de recommandation, et donna à Idriss la page arrachée.

\*

Pour l'Européen, rien de moins pittoresque que Béchar : des immeubles H.L.M., des casernes, des écoles, une usine électrique, des administrations d'autant plus nombreuses que ce chef-lieu de moins de cinquante mille habitants est considéré comme la dernière ville digne de ce nom avant le désert. Pour Idriss, c'était la découverte d'une nouvelle planète. Les vitrines, les boucheries et même un embryon de supermarché l'éblouirent. Mais c'était surtout le trafic automobile qui le grisait, et il demeura un long moment à observer la gesticulation d'un agent qui réglait la circulation. Ayant découvert la gare, il ne put s'en détacher. Chaque arrivée ou départ d'un train le frappait comme un événement mémorable. Il regretta qu'on lui eût formellement conseillé de prendre plutôt le car pour se rendre à Oran, et il passa la nuit sur une banquette de la salle d'attente, bercé par le fracas intermittent des convois. Il ne s'endormit qu'aux premières lueurs du jour. Lorsqu'il se présenta vers huit heures à l'arrêt des cars de la S.N.T.F., ce fut pour apprendre que celui qui se rendait à Oran était parti à six heures, et que le prochain ne partirait que le surlendemain à six heures également. Il avait deux jours devant lui.

Il s'enfonça dans un marché couvert, rôda dans un dédale de ruelles, émergea sur une vaste avenue déserte et poussiéreuse. Sa disponibilité s'ajoutant à la faim qui lui creusait l'estomac, il flottait dans un bonheur un peu nauséeux. Il passait devant la façade haute en couleur d'une boutique sur laquelle dansaient ces lettres : *Mustapha artiste photographe*, quand il entendit de la musique et des éclats de voix en sortir. La musique éraillée évoquait un orientalisme de bazar. La voix déclamait avec une autorité grandiloquente :

– Tu es le cheikh, le sultan, le maharadjah. Tu es fier. Tu es le grand mâle dominateur. Tu domines. Tu règnes sur un troupeau de femmes nues répandues à tes pieds. Clic-clac, terminé!

Idriss s'était avancé pour découvrir l'intérieur du « studio ». Une toile de fond figurait très naïvement un palais oriental. Autour d'un bassin agrémenté d'un jet d'eau, une foule de femmes chastement dénudées jonchait le sol garni de coussins multicolores. Déguisé en sultan oriental, un jeune homme prenait des airs farauds. Mustapha, très gros, coiffé d'une calotte rouge, arrêta le vieux phonographe qui fournissait l'ambiance sonore. Le jeune homme commença à enlever ses oripeaux orientaux.

– La photo sera prête demain soir, promit Mustapha. C'est quinze dinars.

Il aperçut alors Idriss et, très myope, le prit pour un nouveau client.

– Monsieur vient pour un portrait ? Ici, c'est le palais du rêve. Mustapha, artiste photographe, vous offre la réalisation de vos fantasmes les plus fous.

Mais son obséquiosité prit fin quand il comprit qu'Idriss n'était pas un client.

– Qu'est-ce que tu fais là à nous espionner?

– Je regardais.

– Tu n'as rien à regarder ici. Va un peu plus loin.

Va un peu plus loin... Idriss entendait cette injonction pour la seconde fois. Mais n'était-ce pas précisément ce qu'il ne cessait de faire : aller un peu plus loin?

– Je cherche du travail pour deux jours, dit-il à tout hasard.

– Qu'est-ce que tu sais faire?

– On m'a déjà photographié. Une femme blonde.

– Tiens donc! Une femme blonde? Sans doute était-elle amoureuse de toi?

– Je ne sais pas.

Le jeune homme reparut en salopette de chauffeur.

– Alors à demain soir, je passe prendre la photo.

Mustapha cacha mal sa contrariété.

– N'oublie pas les quinze dinars, grogna-t-il.

Il allait décharger sa mauvaise humeur sur Idriss, quand il fut requis par la survenue d'un couple de touristes. Redevenu tout sourire, il se précipita à leur rencontre.

– Messieurs-dames, Mustapha artiste photographe est là pour réaliser vos rêves.

Il les entraîne un peu ébahis dans son studio et déploie des fonds.

– Voulez-vous explorer la forêt vierge et affronter les grands fauves africains? Voulez-vous gravir les massifs rocheux du Hoggar et y chasser les mouflons et les aigles? Voulez-vous au contraire vous embarquer sur un fier voilier pour sillonner la mer Méditerranée?

Et chaque fois, il déployait une toile naïve et criarde.

Le monsieur essaya de reprendre pied.

– Ça suffit, ça suffit! Nous faisons partie, ma femme et moi, d'un groupe qui fait un circuit saharien organisé : Timimoun, El Goléa, Ghardaïa.

– Alors voilà, s'empressa Mustapha, je vous prends sur fond de dunes dorées et de palmes verdoyantes. Viens par ici toi!

Aidé par Idriss, il accroche aux poutres du plafond le décor saharien annoncé. Puis il s'active autour de son appareil. Le monsieur, poussé devant la toile avec son épouse, tente pourtant de protester.

– C'est tout de même un peu fort d'aller au Sahara pour se faire photographier en studio devant un décor peint représentant le Sahara!

Mustapha interrompt ses préparatifs et s'avance vers lui un doigt doctement levé.

– Ça, monsieur, c'est l'accession à la dimension artistique! Oui, c'est bien ça, répète-t-il avec satisfaction, l'accession à la dimension artistique. Chaque chose est transcendée par sa représentation en image. Transcendée, oui, c'est bien ça. Le Sahara représenté sur cette toile, c'est le Sahara idéalisé, et en même temps possédé par l'artiste.

La dame l'avait écouté avec extase.

– Monsieur le photographe a raison, Émile. En nous photographiant dans ce décor, il nous idéalise. C'est comme si nous planions sur les dunes.

– C'est ça, c'est le mot qui convient : planer. Je vais vous faire planer sur les dunes.

Mais le monsieur s'obstinait.

– D'accord, mais puisque le vrai Sahara est là, je ne vois toujours pas pourquoi il faut se faire photographier en studio devant un Sahara peint en trompe-l'œil.

Mustapha savait être conciliant.

– Cher monsieur, c'est toujours possible de vous photographier en train de marcher avec votre épouse dans le sable et les cailloux. Ça s'appelle de la photo d'amateur, de la photo touristique. Moi je fais du professionnel. Je suis un créateur. Je recrée le Sahara dans mon studio, et je vous recrée par la même occasion.

Puis il se tourne vers son phonographe dont il

actionne vigoureusement la manivelle. La musique sucrée et langoureuse fait sursauter le monsieur.

– Sur un marché persan de Ketelbey! Il ne manquait plus que ça!

Cependant Mustapha avait disparu sous le voile noir de son appareil.

– S'il vous plaît, madame et monsieur, mettez-vous en place au centre du paysage saharien. Voilà, très bien, la mise au point est parfaite.

Il émerge à la lumière, l'air inspiré et solennel.

– Et maintenant, madame et monsieur, le grand moment est arrivé. Vous êtes saisis par l'âpre beauté du paysage désertique. Vous recevez en plein cœur la leçon d'austérité et de grandeur qui s'élève de ces sables, de ces pierres. Vous sentez tomber de vous tous vos désirs mesquins, vos préoccupations médiocres, vos soucis sordides. Vous êtes purifiés!

Malgré eux, l'homme et la femme avaient pris un air solennel.

– Ça me rappelle le jour de notre mariage, le discours du maire ou du curé, je ne sais plus, murmura la femme.

Et lorsque Mustapha, s'inclinant très bas, les remercia, leur promit que la photo, disponible dès le lendemain matin, serait excellente et qu'il leur en coûterait trente dinars, ils se secouèrent comme au sortir d'une séance de spiritisme.

– Il y a quand même une chose qui m'intrigue, dit l'homme avant de sortir.

– A votre aimable disposition!

– Si j'ai bien compris, la photo que vous venez de faire de nous sera en noir et blanc?

– Certainement, certainement, nous autres professionnels, nous laissons la couleur aux amateurs de chromos.

– Bien. Mais alors pourquoi diable vos décors sont-ils peints en couleurs?

La question parut prendre Mustapha au dépourvu.

– En couleurs? répéta-t-il en regardant son décor saharien comme s'il le voyait pour la première fois. Vous voulez savoir pourquoi j'utilise des décors de couleurs pour faire des photos en noir et blanc?

– Exactement.

– Eh bien, mais... pour l'inspiration, évidemment.

– Quelle inspiration?

– La mienne bien sûr, mais aussi celle de mes clients, et aussi, pourquoi pas, celle de l'appareil.

– L'inspiration de votre appareil de photo?

– Mais oui, mon appareil participe à la création, il faut qu'il ait du talent lui aussi, qu'est-ce que vous croyez! Alors je lui montre un paysage en couleurs. Il le voit, il l'aime, et quand il le reproduit, eh bien quelque chose des couleurs transparaît dans le noir et blanc. Vous comprenez?

– Non, dit l'homme d'un air buté.

– Mais si, Émile! intervint sa femme. Monsieur le photographe a raison : il fait de la couleur avec du noir et blanc. Oh, monsieur le photographe, il ne faut pas en vouloir à mon mari, vous savez, il est si peu poète!

*

Resté seul, Mustapha entreprit de ranger le studio, aidé d'Idriss qui cherchait à se rendre utile. Mustapha travailla un moment en silence, puis il revint aux propos qu'il avait échangés précédemment avec Idriss.

– Alors comme ça, une femme blonde t'a photographié?

– Oui, s'empressa Idriss. Elle était dans une Land Rover que conduisait un homme.

– Et la photo t'a plu?

– Je ne sais pas, je ne l'ai pas encore vue.

– Et tu vas à Paris à la recherche d'une femme et d'une photo?

– Vous croyez que je vais la retrouver?

– Oh pour ça, tu vas en trouver à Paris des femmes et

des photos! Ah, si j'avais ton âge! Paris, la ville-lumière!
La ville-image! Des femmes et des images par millions!
Bien sûr que tu trouveras la tienne, ça va de soi. Ce qui
est moins évident, c'est si tu en seras plus heureux!

Tout en parlant, il se livrait à de curieuses recherches. Il fouillait les sourcils froncés dans sa réserve de
fonds. Lorsqu'il eut enfin trouvé ce qu'il cherchait, il
déplaça un haut miroir qu'il dressa à la place où aurait
dû se trouver l'appareil de photo.

– Ce n'est pas pour une photo, expliqua-t-il. Ce sera
un simple coup d'œil.

Et avec des airs mystérieux, il déroula le fond qu'il
avait choisi. C'était Paris la nuit, un panorama assez
fantaisiste puisqu'il réussissait à rassembler la tour
Eiffel, l'Étoile et le Moulin-Rouge avec en plus la Seine
et Notre-Dame.

– Tiens, mets-toi là!

Il alluma un spot.

– Regarde! Tu es à Paris, la ville-lumière. Tu en as
de la chance! Comment te trouves-tu?

Idriss ne sut que dire. Ce qu'il voyait dans le miroir,
c'était une petite silhouette grise, vêtue d'un blue-jean
et d'une chemise, chaussée de souliers de l'armée avec
sur les épaules une djellaba brodée. Derrière, scintillait
un paysage bleu foncé hérissé de monuments violemment éclairés.

– Si tu avais quinze dinars, ironisa Mustapha, je te
ferais ta photo. Alors tu pourrais rentrer chez toi. Ton
voyage serait terminé. Ce serait quand même moins
fatigant que de passer la Méditerranée. Mais ce n'est
pas la peine de te donner un conseil aussi raisonnable.
Tu ne m'écouterais pas. Les jeunes n'en font qu'à leur
tête. Après tout, ils ont peut-être raison.

Ce disant, il rangeait miroir et fond parisien.

– Si tu veux, ajouta-t-il, tu peux coucher deux nuits
sur ce canapé. Demain tu m'aideras un peu, et après-
demain tu prendras le car d'Oran avec les dix dinars
que je te donnerai.

Lorsqu'il se présenta à l'arrêt du car une heure avant le départ, Idriss fut effrayé par le nombre des voyageurs qui l'avaient précédé. Des familles entières chargées d'enfants en bas âge avaient visiblement passé la nuit sur place à côté de colis et de ballots, de cageots de dattes fraîches et de poules vivantes enfermées dans des mannequins de vannerie. Il s'accroupit sur ses talons à côté d'une vieille femme apparemment aussi isolée que lui et à laquelle son menton, relevé jusqu'au nez par l'absence de dents, donnait un air buté et hostile. Et là, pauvre parmi les pauvres, il fit ce pour quoi les pauvres ont une vocation inépuisable, il attendit, immobile et patient.

L'onde de satisfaction que souleva dans cette foule l'arrivée du car fut de courte durée. En effet contre toute attente, il était déjà plein. D'où venaient-ils donc tous ces voleurs de places qui s'étalaient sur les sièges et encombraient la galerie de leurs bagages ? Suivit une longue et lente opération d'absorption par le car de toute cette humanité humble et obstinée, d'autant plus encombrée d'objets volumineux qu'elle était plus démunie. Un quart d'heure plus tard, tout le monde avait trouvé place à l'intérieur, et sur le toit la pyramide des colis et des valises montait jusqu'aux étoiles. Le car s'ébranla tous feux allumés, et se dirigea à grands coups d'avertisseur vers la place Si Kouider qu'il traversa pour s'engager sur la route d'Oujda. Les hommes, les femmes et les enfants entassés à l'intérieur cherchèrent dans un premier temps à utiliser au mieux la place exiguë impartie à chacun. Il y eut quelques protestations, des rires, des accommodements, puis chacun ayant aménagé son trou, on sombra dans un silence patient. Beaucoup s'endormirent. Idriss se retrouva près d'une fenêtre, à côté de la vieille femme édentée. Elle était menue, légère, sans enfant, une bonne voisine en somme. Mais elle ne paraissait guère encline à communiquer. De temps en temps, Idriss se détournait de la fenêtre obscure, et jetait un coup d'œil vers elle. Elle ne bougeait pas plus qu'une statue, le visage dur et fermé. Ses yeux, comme ceux d'un serpent, ne cillaient jamais.

Les premières lueurs de l'aube, puis un pâle rayon de soleil provoquèrent un certain remue-ménage dans le car. On ouvrit des cabas. Des bébés réveillés pleurnichèrent. Des biberons apparurent. Une forte odeur d'oranges épluchées emplit l'air. Idriss regardait par la vitre, en partie embuée, défiler un bled toujours désertique. Chaque fois que le car doublait un cycliste ou un âne, il y avait des coups d'avertisseur qu'on n'entendait même plus. Quand il tourna la tête en direction de la vieille femme, il eut la surprise de la voir lui tendre une orange de la main gauche. Elle le fixait de ses yeux sans cils, mais aucun sourire n'éclairait son visage osseux. Idriss prit l'orange, tira son couteau et la pela soigneusement. Puis il passa les tranches une à une à la vieille femme, comme s'il ne faisait que lui rendre un service attendu. Elle accepta les deux premières tranches, mais refusa les autres avec un geste qui signifiait que c'était pour lui.

Une heure plus tard le car faisait halte au bord d'un bois d'eucalyptus, à quelques kilomètres d'Aïn Sefra. Les voyageurs se répandirent au-dehors en formant spontanément deux groupes, d'un côté les femmes et les enfants, de l'autre les hommes et les adolescents. Idriss s'approcha instinctivement d'un petit cercle où l'on parlait vivement et en riant, et qui paraissait l'observer.

– Le voilà, dit un adolescent de son âge, l'ami de la vieille Lala Ramirez!

Et tous rirent de plus belle. Idriss se joignit à eux l'air interrogateur.

– Tu devrais prendre des précautions, tu sais, elle n'a pas la baraka, c'est le moins qu'on puisse dire!

– C'est surtout ceux qui l'approchent qui n'ont pas la baraka. Mais ensuite quand ils sont morts, elle s'occupe d'eux.

– Qui est Lala Ramirez? demanda Idriss.

– Cette vieille sorcière qui te couve du regard...

– Avec son mauvais œil!

– ... Et qui te donne des oranges.

Idriss finit par apprendre, à travers les plaisanteries et les allusions, l'histoire de la vieille femme. D'abord qu'elle avait été fort riche et qu'elle devait l'être encore passablement sous ses airs de pauvresse. Ensuite qu'originaire du sud – un sud indéterminé – elle avait tourné la tête d'un entrepreneur oranais d'origine espagnole fixé à Béchar, lors de la construction de la ville moderne. Il l'avait ramenée à Oran pour l'épouser chrétiennement, et le couple, bientôt entouré de six enfants, avait sans cesse fait la navette entre les deux villes. Cette navette, Lala continuait à la faire, mais seule depuis plusieurs années. En effet le mauvais sort s'était acharné sur cette famille emportant le mari, puis les six enfants successivement, enfin deux bébés qui avaient trouvé moyen de naître au milieu des calamités. Tout s'en était mêlé, maladies, assassinats, accidents, suicides, pour ne plus laisser debout que la vieille ancêtre au centre de neuf tombes dispersées dans plusieurs cimetières. C'était pour visiter ses morts qu'elle ne cessait de se déplacer, et elle

90

était connue et redoutée dans les gares et sur les lignes des cars qu'elle fréquentait.

– Maintenant tu es prévenu!

– Ça m'étonnerait qu'il reste avec elle.

– Mais peut-être qu'il ne tient pas à la vie?

– Ou qu'il est attiré par les morts?

– Non, non, c'est une passion de vieille femme, pas de jeune homme!

Le chauffeur annonçait le départ à coups d'avertisseur. Chacun s'efforça de reconstituer son trou individuel. Idriss regagna sa place à la gauche de Lala Ramirez. Il savait maintenant qui elle était, et, curieusement, elle paraissait elle-même le regarder avec une familiarité accrue. Un peu plus tard, alors que tout le monde saucissonnait autour d'eux, elle sortit de sous son siège un paquet oblong enveloppé de papier journal et l'offrit en silence à Idriss. C'était un tronçon de pain à l'intérieur duquel on avait enfilé une merguez. Idriss hésita un instant, puis il mangea à belles dents sous le regard immobile de la vieille. Que voulait-elle de lui? Une seconde orange sortit comme par enchantement de sa manche, et, ma foi, après le pain-merguez, cela ne pouvait se refuser. Idriss se laissa ensuite aller sur le dossier de son fauteuil, et observa la métamorphose de la campagne. Ce n'était plus le désert, loin de là. Non seulement les bouquets d'acacias piquetaient la plaine, mais les champs cultivés succédaient aux grosses fermes et aux cultures potagères, et le car ne cessait de ralentir et de corner pour doubler des tracteurs et des machines agricoles. On traversait une plaine céréalière dont l'opulence l'étonnait. Enfin apparurent les premiers immeubles H.L.M. de la banlieue d'Oran pavoisés par les guirlandes de linge multicolore qui séchait aux balcons. Parfois des groupes d'enfants dérangés dans leurs jeux se jetaient en hurlant à la poursuite du car. On longea le centre administratif, puis la nouvelle mosquée pour

91

aboutir par le boulevard Maata Mohammed El Habib à la place du 1er-Novembre. Le car s'immobilisa. Idriss tourna la tête vers sa voisine. Le regard de reptile était posé sur lui, et pour la première fois une ombre de sourire semblait errer sur ses lèvres. Les gens s'ébrouaient à grand bruit en se poussant vers la porte du véhicule. En sortant, Idriss fut saisi par la fraîcheur de l'air. Un ciel uniformément gris s'étendait sur des immeubles hérissés d'antennes de télévision qui lui parurent gigantesques. C'était donc cela le nord ? Une poignée de garçons blêmes jouaient à envoyer un ballon contre une façade lépreuse, et les impacts sonnaient comme des coups de poing. Il y avait dans l'atmosphère une brutalité, une désolation, une énergie qui blessaient et gonflaient le cœur. Le chauffeur juché sur la galerie passait les colis et les valises à des jeunes gens qui les rangeaient sur le trottoir. Idriss possédait l'adresse d'un foyer d'émigration avec une recommandation pour l'un des employés. Il s'attardait au spectacle si nouveau pour lui de cette grande ville, quand il entendit un souffle près de son oreille.

– Ismaïl, prends un taxi et emmène-moi au cimetière espagnol.

C'était la vieille Lala. Elle lui tendait en même temps un billet de cinquante dinars plié en quatre. Les taxis attirés par l'arrivée du car se succédaient en file régulière. Idriss, rendu docile par l'étrangeté des lieux, se jeta dans le plus proche suivi par Lala. Ce fut elle qui donna l'adresse : le cimetière de l'église Saint-Louis. Mais pourquoi l'avait-elle appelé Ismaïl ? Ils stoppèrent devant l'église désaffectée depuis plusieurs années, mais dont le cimetière demeurait bien entretenu. Lala semblait transformée.

– C'est l'église du cardinal Ximénès de Cisneros, Grand Inquisiteur sous Charles Quint. Ses armes se voient encore à l'entrée du chœur, expliqua-t-elle dans un accès de loquacité surprenant.

Puis elle entraîna Idriss parmi les chapelles funéraires et les monuments pompeux et baroques produits par la nécrophilie espagnole. Ils s'arrêtèrent devant un obélisque de marbre noir à la base duquel un nom et une photo étaient lourdement encadrés d'or : *Ismaïl Ramirez 1940-1957*. Idriss se pencha par-dessus les grosses chaînes qui délimitaient un rectangle de graviers gris pour observer le portrait. C'était un jeune garçon de son âge, aussi brun que lui, et dont le mince visage exprimait une attente anxieuse, une tendresse vulnérable, une apparente faiblesse capable en vérité de toutes les résistances. Lui ressemblait-il vraiment ? Idriss était hors d'état d'en juger, n'ayant qu'une idée vague de son propre visage. Mais Lala, elle, paraissait possédée par une certitude inébranlable. Elle parcourait de son regard de presbyte le dévalement des terrasses et des coupoles de la vieille ville, et, plus loin, le port avec ses grues cassées en deux, ses docks, les cargos à l'ancre dont les feux commençaient à briller dans le crépuscule.

– Ismaïl, c'est toi, dit-elle à Idriss en lui posant la main sur l'épaule. Je t'ai enfin retrouvé. Tu restes avec moi. Pour toujours. Je suis seule, mais je suis riche. Je t'adopte. Tu t'appelles désormais Ismaïl Ramirez.

Idriss la regardait en secouant la tête silencieusement. Mais la vieille refusait de le voir. Elle fixait maintenant l'un des immeubles noyés dans la brume du soir.

– Tu vois cette maison, reprit-elle avec un coup de menton vers la ville. Elle est à moi. Il y a onze pièces, trois terrasses, un patio où pousse un figuier, des cuisines en sous-sol, et même un oratoire chrétien. Je vais tout faire rouvrir, nettoyer, rénover, pour toi Ismaïl, et nous célébrerons ton retour en allant annoncer la grande nouvelle à tous les morts de la famille. Qui sait s'ils ne reviendront pas eux aussi ?

Idriss continuait à dire non de la tête. La folie de la

93

vieille femme, et son acharnement à vouloir l'enfoncer dans la peau d'un mort l'effrayaient et lui donnaient la nausée. D'un mouvement, il se débarrassa de la main crochue qui pesait sur son épaule, et fit un pas en arrière.

– Je ne suis pas Ismaïl. Je suis Idriss. Après-demain je pars travailler en France. Plus tard je reviendrai, plus tard peut-être... plus tard...

Il songeait à la photo de la femme à la Land Rover, mais il se gardait d'y faire allusion. La photo d'Ismaïl, cela suffisait pour aujourd'hui ! Il répétait en reculant, comme on calme un enfant ou un animal affolé :

– Plus tard... peut-être... plus tard...

Puis il s'enfuit, et sortit du cimetière à la recherche du foyer dont on lui avait donné l'adresse.

*

Le car-ferry *Tipasa* partait le lendemain à dix heures pour arriver à Marseille le surlendemain à dix-huit heures. Idriss avait sa journée, mais il devait passer prendre son passeport au bureau de l'O.N.A.M.O. [1]. Il fit la queue deux heures pour s'entendre signifier qu'il manquait deux photos d'identité à son dossier. On lui parla d'une cabine automatique qui pour un dinar lui fournirait les photos nécessaires. Il chercha longtemps dans des rues inconnues l'objet tout aussi inconnu. C'était sous un porche d'immeuble où des quincailliers vendaient des ustensiles de cuisine sur des tréteaux. La cabine, fort délabrée, était occupée par deux gamins qui s'y bousculaient en faisant des grimaces devant la caméra. Ils partirent enfin, et Idriss prit leur place derrière le rideau. Il y eut des éclairs de flash. Il ressortit, et examina le tiroir où tombent les épreuves.

1. Jusqu'en 1973, l'Office national algérien de la main-d'œuvre (O.N.A.M.O.) acheminait chaque année en moyenne trente mille travailleurs algériens en France.

94

Il restait une photo : c'était celle d'un des gamins louchant et tirant la langue. Idriss attendit encore. Deux nouvelles images tombèrent : celles d'un homme barbu. Il se regarda longuement dans le miroir fêlé de la cabine. Après tout pourquoi n'aurait-il pas eu une barbe avant de quitter Tabelbala ? Les barbus ont aussi droit à un passeport.

Il lui restait une découverte importante à faire. Il se dirigea vers la mer. On lui avait décrit des plages de sable blond où viennent crouler des vagues limpides. La mer aurait ressemblé aux dunes de sable qu'il connaissait à Tabelbala, et surtout dont il avait vu le déferlement doré à Béni Abbès. Il hâtait le pas, descendant par la rue Rahmani Khaled vers le port où l'on apercevait déjà les mâts vernis des bateaux de plaisance. La marée basse avait découvert une partie du quai qui apparaissait noire et couverte de mousse gluante. Idriss s'assit sur la pierre, les pieds au ras des eaux grumeleuses sur lesquelles flottaient des paillons et des bouteilles de matière plastique. C'était donc cela ! Les yachts les plus proches dormaient immobiles sur des eaux moirées. Plus loin, la surface marine s'étendait piquetée de bateaux amarrés jusqu'au ciel également gris et plombé avec lequel elle se confondait à l'horizon. Idriss s'emplissait les yeux de ce spectacle triste et décevant. En même temps, il découvrait une vision nouvelle de sa terre natale. Pour la première fois, il pensait à Tabelbala comme à une entité cohérente et cernable. Oui, l'éloignement venait enfin de rassembler dans sa mémoire sa mère et son troupeau, sa maison et la palmeraie, la place du marché où stationnait le car de Salah Brahim, le visage de ses frères, de ses cousines. Un sanglot sec vint mourir dans sa gorge. Il se sentait perdu, abandonné, rejeté devant cette eau, grise comme l'au-delà. « Ismaïl Ramirez », prononçat-il à mi-voix. La vieille Lala, gardienne des morts, ne lui avait-elle pas assigné une place dans cette ville funèbre? Demain il embarquait dans l'énorme car-ferry pour une destination mystérieuse. Était-ce pour échapper à la vie ou pour s'enfoncer dans l'infini? Il glissa son index dans le col de sa chemise et tira sur le fil de son collier. La goutte d'or apparut, chaude et douce. Il la plaça devant son visage, la balança sur le fond plombé de la mer. Il entendit dans sa mémoire le chant mystérieux de Zett Zobeida :

> *La libellule vibre sur l'eau*
> *Le criquet grince sur la pierre*
> *La libellule libelle la ruse de la mort*
> *Le criquet écrit le secret de la vie.*

Une vaguelette vint se briser sur le quai et l'écla-boussa des pieds à la tête. Il porta sa main à sa bouche. Sur ce point au moins, on ne l'avait pas trompé : elle était salée. Salée, imbuvable, stérile...

\*

Le spectacle des motos, des voitures et des poids-lourds s'engouffrant dans le ventre béant du ferry attirait toujours la même foule d'oisifs et d'adolescents. Les semi-remorques surtout, par leur longueur et leurs marches arrière difficiles, donnaient lieu à de laborieu-ses manœuvres. Mais la cale du bateau paraissait douée d'une capacité illimitée. Entre les poids lourds se glissaient des voitures de touristes et des véhicules tout terrain semblables à celui de la femme blonde. Les badauds riaient de pitié et de sympathie quand une 2 CV rapiécée sautillait vivement pour trouver sa place parmi les mastodontes. Les chauffeurs et les passagers des véhicules ne reparaissaient pas à l'extérieur; ils gagnaient les ponts du bateau par des escaliers partant du garage. Enfin la file des passagers fut admise sur la passerelle. Chacun devait avoir à la main son billet et son passeport, ce dernier ouvert à la page de la photographie. Le préposé ne remarqua même pas l'étrange dissemblance d'Idriss et du barbu dont le portrait était fixé par deux œillets sur son passeport. Idriss jeta un bref coup d'œil aux rangées de fauteuils qui meublaient les « dortoirs » de la classe économique, et il traversa avec les autres voyageurs la salle de prière et le restaurant « self-service » pour gagner le pont arrière qui dominait le quai. Une foule compacte et colorée s'y agitait. Les familles qui étaient à terre faisaient de grands gestes et lançaient des appels à « leur » voyageur sans aucune chance de se faire entendre. C'était un étrange et chimérique réseau de communications qui tentait vainement de se nouer entre ceux du quai et ceux du bord. Brusquement le plancher du pont se mit à vibrer. L'eau bouillonna à l'arrière du bateau. Le moment allait venir où Idriss pour la première fois quitterait le continent africain. Il fut soudain apostrophé par un adolescent au visage lisse et doux que défigurait une sorte de fureur joyeuse.

– Je vois bien que tu n'as personne toi sur le quai ! C'est comme moi : personne. Oui, c'est comme ça qu'on part : tout seul ! C'est le vrai départ, ça. Pas de mouchoirs ni de mains agitées. Rien !

Il fut interrompu par un formidable coup de sirène qui provoqua l'envol d'une foule de mouettes au-dessus du port. Le *Tipasa* se détachait lentement du quai.

– Regarde le quai qui fout le camp ! reprit l'adolescent de plus en plus excité. C'est comme ça que je l'aime moi l'Afrique : quand je la vois foutre le camp à l'arrière d'un bateau. Putain d'Afrique ! Deux ans ! Deux ans de service militaire ! Deux ans de souffrance à casser des cailloux dans le désert ! Moi, tu comprends, mon métier, c'est orfèvre. Depuis cinq générations, on est spécialisés dans les boucles d'oreilles chez nous de père en fils. Regarde mes mains. C'est des mains d'orfèvre, pas des mains de casseur de cailloux. Putain d'Afrique ! Où tu vas comme ça ?

– Moi? A Marseille d'abord. Ensuite j'espère à Paris où j'ai un cousin.

– Marseille, Paris c'est pas assez loin ça. Pas assez loin des cailloux du désert. Parle-moi de Bruxelles, d'Amsterdam, de Londres, de Stockholm. Orfèvre je suis, tu m'entends?

Il se tut. Le silence s'était fait sur le pont. Tout le monde regardait la ville d'Oran s'éloigner, la rade, les navires à l'ancre, une énorme bouée rouge et verte, semblable à une toupie d'enfant géant, qui dansait sur son ventre, et, dans le lointain, la colline qui domine la ville, ce djebel Murdjajo, surmontée d'un fort espagnol où flottait le drapeau de l'armée algérienne.

Idriss s'enfonça avec quelques autres dans les dédales intérieurs du bateau. Les coursives, les escaliers, les galeries marchandes, les bars, c'était une petite ville flottante que les machines ne cessaient d'habiter de leur frémissement. Des familles se groupaient et colonisaient un coin de salle ou une rangée de fauteuils avec leurs ballots et leurs valises. Certains déballaient déjà des victuailles, et un garçon de bord intervint avec autorité pour faire éteindre un petit réchaud à gaz sur lequel une femme prétendait cuisiner. Bien qu'il fût encore tôt, les chauffeurs de poids lourds s'étaient réunis au bar en une tablée bruyante et joviale où l'on commençait à boire sec. La division des voyageurs en deux catégories, ceux qui avaient de l'argent à dépenser et ceux qui n'en avaient pas, était d'ores et déjà établie. Quant à la catégorie supérieure, celle des premières classes avec cabines individuelles à hublots et salle à manger aux tables nappées de blanc, elle demeurait invisible et inaccessible, retranchée derrière les portes verrouillées du deuxième pont, à l'avant du bateau.

Un très léger tangage indiquait qu'il venait d'accéder à la pleine mer, quand l'appel du muezzin diffusé par les haut-parleurs invita les fidèles à se réunir dans la salle où l'on avait déroulé les tapis de prière pour le troisième salât. Idriss, peu porté aux pratiques religieuses, comme la plupart des jeunes de sa génération, observa de loin les inclinations et les prosternations de la foule dévote. Quand elle se dispersa, il eut la surprise d'y voir l'orfèvre qui vint le rejoindre.

– Tu ne respectes pas les prescriptions de l'islam? lui demanda-t-il.

– Pas toutes, répondit-il avec humeur.

– Je souhaite pour toi que tu y viennes. Là où nous allons, la religion est plus nécessaire que chez nous. Tu vas te trouver entouré d'étrangers, d'indifférents, d'ennemis. Contre le désespoir et la misère, tu n'auras peut-être que le Coran et la mosquée.

– Mais tout à l'heure, tu maudissais ta patrie?

L'orfèvre se tut un moment en regardant la surface tourmentée de la mer.

– Le drame, vois-tu, c'est que beaucoup d'entre nous ne peuvent vivre ni dans leur patrie, ni à l'étranger.

– Alors que leur reste-t-il?

– Le malheur.

– Moi, j'aurais pu rester à Tabelbala. A Tabelbala, on n'a rien, mais on ne manque de rien. C'est ça une oasis.

– Alors pourquoi es-tu parti?

– Pour partir. Chez nous, il y a les deux races, quelquefois mélangées dans une même famille : ceux qui restent où ils sont nés, et ceux qui doivent partir. Moi je suis de la seconde sorte. Il fallait que je parte. Et puis j'ai été photographié par une femme blonde. Elle est retournée en France avec ma photo.

– Alors toi tu es parti pour chercher ta photo?

L'orfèvre le regardait d'un air moqueur.

– Aller chercher ma photo? Non, pas exactement. C'est autre chose. Il faudrait peut-être dire : aller rejoindre ma photo...

– Oh la la! Mais tu es un grand penseur, toi! Ta

photo est en France, et t'attire comme un aimant un bout de fer.

– Pas seulement en France. Cette photo, je l'ai déjà trouvée à Béni Abbès, à Béchar et à Oran.

– Tu en trouves des morceaux sur ta route et tu les recolles?

– Oui si tu veux. Seulement jusqu'ici les morceaux que j'ai trouvés ne me ressemblaient pas. Tiens, regarde ça par exemple.

Il lui montra son passeport ouvert à la page du barbu. L'orfèvre le regarda d'un air préoccupé.

– Tu risques d'avoir des histoires. Tu devrais peut-être laisser pousser ta barbe.

– Ce serait pire, je n'en ai presque pas. Et puis tout de même, ce n'est pas à moi à ressembler à ma photo. C'est ma photo qui doit me ressembler, non?

– Tu crois ça? Mais déjà l'expérience te prouve le contraire. L'image est douée d'une force mauvaise. Elle n'est pas la servante dévouée et fidèle que tu voudrais. Elle prend toutes les apparences d'une servante, oui, mais en vérité elle est sournoise, menteuse et impérieuse. Elle aspire de toute sa mauvaiseté à te réduire en esclavage. Cela aussi, c'est dans la religion.

Idriss l'écoutait sans bien comprendre. Pourtant les mésaventures qu'il avait subies depuis sa rencontre avec la femme blonde éclairaient curieusement ces propos de l'orfèvre.

A midi l'orfèvre l'entraîna au self-service, et Idriss se trouva partagé entre sa faim et la gêne qu'il éprouvait à se faire inviter par cet aîné un peu inquiétant. Ils s'assirent à la même table qu'un chauffeur routier, un géant blond aux yeux de porcelaine bleus et dont les bras énormes s'adornaient de tatouages canailles. Il prit ces deux jeunes Maghrébins à partie, et se mit en tête de leur faire boire du vin rouge. L'orfèvre faisait face avec entrain, et il surprit Idriss en vidant verre sur verre avec le routier, malgré l'interdit de la religion islamique. Aux plaisanteries du chauffeur, il riait avec à-propos et répliquait par d'autres plaisanteries, et, voulant faire participer Idriss au dialogue, il se mit à lui parler en français, alors qu'ils n'avaient parlé entre eux auparavant que berbère. En vérité la duplicité de l'orfèvre était admirable, et Idriss se demandait s'il arriverait jamais à un pareil degré de familiarité avec les Français. Le chauffeur offrit les cafés, puis il se retira dans sa cabine de seconde classe pour une sieste bien méritée, expliqua-t-il, après dix heures de conduite nocturne sur la route du littoral maghrébin.

La nuit tombait quand une rumeur parcourut les voyageurs, et les attira sur les ponts et les coursives de babord. Le bateau longeait les côtes d'Ibiza où quelques feux commençaient à clignoter. Il faisait presque nuit plus tard quand on se montra à tribord les lumières de Majorque, la plus grande des îles Baléares. Ensuite le bateau s'enfonça dans une mer de ténèbres insondables.

Idriss dormait dans un fauteuil bercé par une houle de plus en plus creuse. Il fut réveillé par les gémissements d'une femme assise non loin de lui. Sa tête roulait à droite et à gauche, et une écume moussait sur ses lèvres. Elle finit par se lever, fit deux pas et s'écroula sur le plancher. Là, accroupie, à quatre pattes, elle commença à vomir avec des hoquets profonds et bruyants.

– La femme qui a le mal de mer n'a pas plus de pudeur que celle qui accouche.

C'était l'orfèvre. Derrière lui le chauffeur se dandinait en ricanant. L'orfèvre avait parlé français par égard pour lui.

– Cette cabine sans hublot, c'est pas possible, dit ensuite le chauffeur. On est enfermé là-dedans comme dans un cercueil. Alors les enfants, si vous voulez profiter de ma couchette, vous pouvez y aller. Moi je préfère un fauteuil.

– Tu viens? dit l'orfèvre.

Idriss se leva et le suivit.

– Vous pouvez aussi prendre une douche! leur cria encore le chauffeur.

Le fait est qu'à cette heure de la nuit, la cabine avait une allure sépulcrale. Aucune ouverture sur le dehors. Deux châlits métalliques fixés aux cloisons d'acier. Trois dormeurs écrasés de sommeil. Une cellule de douche minuscule. Et sur tout cela, dans une atmosphère moite et vibrante, la lueur glauque d'une veilleuse. La porte se referma lourdement sur les deux adolescents. Ils hésitèrent un instant, puis l'orfèvre commença à ôter ses vêtements. Nu, il se dirigea vers la douche. Idriss l'imita. Pour tenir à deux dans le bac, ils devaient se coller l'un à l'autre. Il en allait de même dans la seule couchette libre où ils s'étendirent ensuite, encore humides. Au soulagement qu'il éprouva en se serrant contre son compagnon, Idriss prit conscience de la terrible solitude dont il souffrait corps et âme depuis qu'il avait quitté sa famille. La tendresse maternelle et l'érotisme des amants ne sont que des aspects particuliers de l'ardent besoin de contact physique qui fait le fond de la chair et du cœur. Les yeux fermés, bercé par la houle et le grondement sourd des machines, il songeait dans cette pénombre souterraine à son ami Ibrahim, disparu dans les entrailles du puits d'Hassi el Hora. Il sombrait dans le sommeil, quand l'orfèvre se dégagea, et, appuyé sur un coude, présenta au mince faisceau de la lampe la goutte d'or d'Idriss.

– Qu'est-ce que c'est que ça?

– C'est mon gri-gri saharien.

– Mais c'est de l'or!

– Peut-être...

L'orfèvre faisait tourner la sphère oblongue dans la lumière en fronçant les sourcils.

– Celui qui t'a donné ça s'est pas moqué de toi.

102

– Personne me l'a donné.

– Bulla aurea.

– Quoi?

– C'est du latin : *bulla aurea*, la bulle d'or. Tous les orfèvres connaissent ça. C'est un insigne romain et même étrusque qui subsiste encore de nos jours dans certaines tribus sahariennes. Les enfants romains de naissance libre portaient cette goutte d'or suspendue à leur cou par une bélière, comme preuve de leur condition. Lorsqu'ils échangeaient la robe prétexte contre la toge virile, ils abandonnaient également la bulla aurea en offrande aux lares domestiques.

– Comme tu es savant!

– L'orfèvrerie n'est pas qu'un artisanat, c'est aussi une culture traditionnelle. Je pourrais te parler ainsi des fibules, des peltes, des sceaux de Salomon, des mains de Fatma, ajouta-t-il en se laissant retomber sur le dos.

– Alors ma goutte d'or, qu'est-ce qu'elle veut dire?

– Que tu es un enfant libre.

– Et ensuite?

– Ensuite... Tu vas devenir un homme, et alors tu verras bien ce qui arrivera à ta goutte d'or, et à toi aussi...

\*

Le lendemain, il pouvait être midi quand un cri parcourut le bateau et rassembla les passagers dans la salle de restaurant : la télé! Sur les trois récepteurs, une image sautait, disparaissait, revenait dans un clignotement fiévreux. La première image provenant directement de France! Une foule d'immigrés inquiète et attentive, des visages osseux, des yeux sombres attendent ce premier message de la Terre Promise. L'écran palpite, s'éteint et se rallume, un paysage, une silhouette, un visage ondulent, puis se stabilisent. On voit un couple marcher dans une prairie. Ils sont jeunes, beaux, amoureux. Ils se sourient. Deux enfants radieux se précipitent vers eux en écartant les herbes et les fleurs. Longue embrassade, bonheur. Soudain l'image s'immobilise. Un homme grave à lunettes apparaît en surimpression. Il tient à la main à hauteur de son visage un contrat d'assurance-vie. Ensuite on voit une jolie maison provençale. Devant la piscine, toute une famille prend son petit déjeuner en riant. Le bonheur. Cette fois, c'est grâce à la poudre à laver *Soleil*. Il pleut. Une élégante marche, abritée sous son parapluie. En passant devant la glace d'un magasin, elle se trouve si chic qu'elle se sourit. Comme ses dents brillent! Le bonheur. Il faut utiliser le dentifrice *Briodent*. Le petit écran s'assombrit. Plus rien. Les hommes et les femmes du bateau qui voyagent en classe économique se regardent. C'est donc cela la France? Ils échangent leurs impressions. Mais tout le monde se tait, car l'image reparaît. Une voix explique que, contre les étudiants qui manifestaient au Quartier latin, les C.R.S. ont fait usage de bombes lacrymogènes. Les policiers casqués, masqués et munis de boucliers en plexiglas ressemblent à des samouraïs japonais du Moyen Age. Les étudiants leur lancent des pierres, puis se dispersent en courant. Des fusées éclatent parmi eux. On voit en gros plan le visage inondé de sang d'une très jeune fille. L'écran s'éteint à nouveau.

Deux heures plus tard les côtes de France étaient en vue. Les familles commençaient à rassembler les enfants et les bagages. Idriss se retrouva accoudé au bastingage à côté de l'orfèvre pour voir passer le château d'If. Sans doute à l'intention des touristes de première classe, les haut-parleurs se mirent à claironner que, dans cette forteresse, avaient été enfermés le Masque de fer qui était peut-être le frère jumeau de Louis XIV, ainsi que le comte de Monte-Cristo et l'abbé Faria, personnages célèbres d'Alexandre Dumas. La foule des Maghrébins reçut ces informations avec tout le respect de l'incompréhension.

– Je vais travailler à Paris dans un atelier clandestin de bijouterie, dit l'orfèvre. C'est Étienne le chauffeur qui m'emmène dans son camion. Je ne sais pas quand nous nous reverrons. Je voulais simplement te dire une chose. Orfèvre, ça veut dire : forgeron de l'or. Mais il y a bien longtemps que les orfèvres ont abandonné l'or pour ne plus travailler que l'argent. Nos bracelets, nos plateaux, nos cassolettes, tout ce que nous faisons, nous le faisons en argent. Pourquoi? La plupart d'entre nous refusent aujourd'hui de travailler l'or. La vérité, c'est qu'ils ne connaissent pas la technique particulière de ce métal. Mais il y a autre chose. Nous pensons que l'or porte malheur. L'argent est pur, franc et honnête. L'or, excessivement précieux, excite la cupidité et provoque le vol, la violence, le crime. Je te dis cela parce que je te vois partir à l'aventure avec ta *bulla aurea*. C'est un symbole de liberté, mais son métal est devenu funeste. Que Dieu te garde!

Idriss devait en effet perdre de vue l'orfèvre dans la cohue qui se pressait devant les guichets des douaniers. En comparaison des familles surchargées d'enfants et de bagages, son cas parut d'une extrême simplicité aux contrôleurs, et, malgré la photo de son passeport, il se retrouva l'un des premiers sur le quai de la gare maritime.

Il était donc en France. Il tâtait le sol de ses pieds pour en éprouver la consistance. Il ouvrait les yeux pour saisir les différences évidentes qui auraient dû distinguer Marseille d'Oran. Or que voyait-il? Un peu plus d'animation, un peu plus de couleurs, plus de vie, un esprit plus expansif qu'à Oran. Marseille était une ville du sud, Oran une ville du nord. Mais il était déçu au total de se sentir si peu dépaysé sur cet autre rivage de la Méditerranée. Le choc se produisit pourtant un peu plus tard, lorsqu'il tomba sur une vaste affiche qui ornait le bâtiment des bureaux de location des car-ferries :

AVEC VOTRE VOITURE,
ALLEZ PASSER LES FÊTES DE FIN D'ANNÉE
DANS LE PARADIS D'UNE OASIS SAHARIENNE.

Idriss regardait médusé l'image offerte d'une oasis saharienne. Un massif de palmes et de fleurs exorbitantes entourait une piscine en forme de haricot. Des filles blondes en minuscule bikini minaudaient autour du bassin turquoise, et buvaient dans des hauts verres avec des pailles coudées. Deux gazelles apprivoisées inclinaient leur tête élégante vers une vaste corbeille emplie d'oranges, de pamplemousses et d'ananas. Une oasis saharienne? Tabelbala, n'était-ce pas une oasis saharienne? Et lui, Idriss, n'en était-il pas le pur produit? Il ne se retrouvait pas dans cette image de rêve. Mais s'était-il retrouvé dans la photo de l'âne de Salah Brahim, et même n'était-ce pas un inconnu qui s'était glissé jusque dans son passeport? Il frissonna dans l'air du soir qui paraissait tomber plus vite qu'en Afrique. Dans sa poche un papier froissé, une page arrachée au calepin d'un Mozabite avec une adresse d'hôtel et un mot de recommandation : hôtel Radio, 10 rue Parmentier. Il interrogea un passant. Geste d'impuissance. Qu'il aille donc place Jules-Guesde. Là, on le renseignerait certainement. Il s'engagea sur le boulevard de Paris, balayé sans trêve par des poids lourds venant de la gare d'Arenc. La place Jules-Guesde semblait dévastée par un récent bombardement. Des terrains vagues hérissés de pans de murs entouraient une sorte d'arc de triomphe. Ayant traversé ce morceau de désert, Idriss se retrouva en Afrique en entrant dans la rue Bernard-Dubois. Ce n'était que hammams, librairies islamiques, fripiers nord-africains, petits restaurants à la porte desquels on voyait des têtes de mouton tourner, ruisselantes de graisse, sur des broches électriques. L'impasse Tancrè-de-Martel, bâtie en marches d'escalier, était colonisée par des diseurs de Srour et par des écrivains publics qui vendaient des corans et des livres de piété. Le quartier entier n'était qu'un lacis de ruelles – rue des Petites-Maries, du Baignoir, du Tapis-Vert, Longue-des-Capucins – sentant le curry, l'encens et l'urine, où il finit par trouver la rue Parmentier et l'hôtel Radio. Bien qu'il fût encore tôt, il dut frapper longtemps pour que la porte s'ouvrît. Le patron, Youcef Baghabagha, le fit entrer avec méfiance. L'hôtel était complet. Il ne prenait plus de clients. Il déchiffra cependant la recommandation du commerçant mozabite, et se montra aussitôt plus accueillant. Il restait bien une chambre, mais on payait d'avance – dix francs pour la nuit – et l'hôtel fermait à vingt-trois heures.

Le lit était large et immaculé, mais la fenêtre donnait sur une cour obscure, de telle sorte qu'il fallait de jour comme de nuit allumer l'ampoule qui pendait du plafond au bout d'un fil, agrémenté d'un abat-jour de verre gaufré. Idriss s'étendit sur le couvre-pied et s'endormit aussitôt. A Tabelbala, le jour pointait. Il aurait dû se lever et rassembler son troupeau, mais il paressait avec délices en évitant d'ouvrir les yeux. Il entendait sa mère aller et venir en préparant le beta, soupe du matin au son avec des piments et des oignons. L'une des brebis de l'enclos bêlait avec une insistance anormale. Peut-être était-elle blessée ? Il fallait aller voir. Idriss s'étonnait que sa mère, qui entendait forcément les cris de l'animal, ne fût pas déjà venue le tirer par les pieds. Encore un bêlement lamentable. Allons debout ! Idriss se secoua. Il n'était pas à Tabelbala, béni par le soleil levant. Il se retrouvait dans une chambre inconnue, dans une ville inconnue, dans un pays inconnu. Un sanglot d'angoisse s'échappa de sa gorge. Rentrer chez lui ! Refaire à l'envers l'immense voyage qui l'avait jeté finalement sur ce lit ! C'est alors qu'il entendit un bêlement de brebis en provenance de la cour. Sur ce point au moins son rêve ne l'avait pas trompé. Il se sentit subitement réconforté par cette présence familière. Il y avait un mouton vivant sous sa fenêtre. Peut-être serait-il rituellement sacrifié à la fin de la semaine ? Il se leva, descendit l'escalier, et sortit de l'hôtel. La nuit était tombée, et la rue, sombre dans la journée, flambait de toutes ses vitrines, enseignes et publicités lumineuses.

La rue Parmentier donne dans la rue des Convales-
cents, qui donne dans le boulevard d'Athènes. Ici,
c'était la fête. Des baraques foraines, tirs, loteries et
jeux de massacre encombraient le trottoir. Des cafés
s'ouvraient comme des cavernes dorées, agrandis par
d'immenses miroirs, avec au fond la lueur verte des
tapis de billard autour desquels officiaient des hommes
en bras de chemise. Au-dessus du hall d'entrée d'un
cinéma, un couple immense s'étreignait dans les règles
de l'art, femme dessous, homme dessus, regards tragi-
ques et bouches soudées. Mais Idriss mourait de faim,
et il fut retenu par les panneaux pantagruéliques d'un
McDonald's : Hamburger, Cheese-burger, Filet-O-Fish,
Big Mac, Chaussons aux pommes, Shakes à trois
parfums. Tout cela beaucoup trop cher pour lui, mais
il se sentait justement trop misérable pour résister. La
prodigalité est le seul luxe des pauvres. Il s'offrit un
balthazar solitaire pour calmer son angoisse, pour fêter
son arrivée en France, et aussi tout simplement parce
qu'il avait faim.

On l'avait prévenu qu'au-delà de la mer, on entrait
dans un pays de froid et de brouillard. Une pluie fine
tombait quand il sortit du McDonald's. Pourtant les
baraques foraines menaient un train d'enfer. Des Sénégalais, couverts de bijoux de pacotille, des Marocains
portant un lot de tapis sur l'épaule, des femmes voilées
marchant d'un pas balancé, pieds nus dans leurs
sandales, entretenaient une atmosphère africaine malgré le crachin. Attiré par l'ambiance confinée des
ruelles, Idriss s'engagea dans la rue Thubaneau. Plan-
tées au bord du trottoir ou nonchalamment adossées à
la porte d'un hôtel borgne, des filles ghanéennes,
noires comme la nuit et harnachées comme des chevaux de cirque, le regardaient passer en tirant sur leur
long fume-cigarette. Lui les regardait à peine. Un
homme ivre, sortant tout à coup d'un café enfumé et
bruyant, le prit par le bras et voulut l'entraîner à

l'intérieur. Idriss se dégagea. Il ne s'arrêta qu'en apercevant une fille bien différente des autres qui se maquillait devant le miroir d'une boutique de confection. C'était une blonde aux cheveux longs. Elle ressemblait à la femme de la Land Rover malgré sa mini-jupe, ses hautes bottes noires et ses bas résille qui moulaient ses cuisses énormes. Elle dut l'apercevoir dans la glace, car elle se retourna et l'apostropha.

– Eh là mon mignon! Tu t'intéresses aux blondes on dirait! N'aie pas peur, approche un peu.

Idriss s'approcha.

– Oh la la, c'est jeune ça, c'est très jeune. Et puis ça vient tout juste de débarquer du bled, je parie. Hein mon mignon, on sent encore le sable chaud du Sahara!

Idriss était ébloui par les épaules nues et grasses de la fille. La femme de la Land Rover avait une chemisette qui lui donnait un air vaguement masculin. Il leva une main timide pour toucher cette chair laiteuse et parfumée.

– Oh là, bas les pattes mon mignon! Parce que tu serais du genre fauché, que ça ne m'étonnerait pas. Montre un peu ton portefeuille.

Idriss abaissa son bras sans comprendre.

– Ben quoi, tes papiers, merde!

Cette fois, il avait compris. C'était l'injonction par excellence. Docilement, il sortit son portefeuille et le donna à la femme. Elle y jeta un bref coup d'œil et le lui rendit.

– C'est bien ce que je pensais. Rien ou presque. Mais dis donc, t'as quelque chose de pas mal autour du cou? Fais voir un peu!

Elle avait aperçu la goutte d'or au cou d'Idriss. Malgré un faible geste de défense d'Idriss, elle défit le collier avec une adresse de guenon, et l'éleva vers la lumière.

– Fichtre, c'est beau ça! On dirait de l'or massif. Je voudrais bien savoir où t'as volé ça, toi.

Elle mit le collier autour de son cou, et, pour juger de l'effet, elle se tourna vers la glace de la devanture. Puis, obéissant à un réflexe suscité par le miroir, elle ouvrit son sac et reprit son maquillage. Idriss l'observait écraser sur ses lèvres un bâton de rouge violacé, puis grimacer de toute sa bouche pour étaler la couleur. Ensuite elle entreprit de passer un minuscule balai noir sous ses faux cils. Tandis qu'elle se tamponnait les joues, Idriss revoyait sa mère assise devant la vieille Kuka. Celle-ci à l'aide d'un pinceau de laine traçait au safran des signes rituels sur le visage de la mère. Sur la peau sombre, la teinture jaune se détachait avec violence : sur le front deux larges traits horizontaux parallèles aux sourcils, deux touches à la racine du nez, un trait épais vertical partant du centre de la lèvre inférieure et descendant jusqu'à la pointe du menton, et surtout, sous chacun des yeux, une tache prolongée vers le bas par trois barbelures verticales, semblables à la trace de grosses larmes. Tel est en effet le masque peint de la femme mariée de Tabelbala. Il ne s'agissait pas, comme ici, d'aggraver le bourrelet saignant des lèvres ou la noirceur charbonneuse des orbites, mais de mettre en place des signes lisibles par tous et remontant à une tradition séculaire.

— Alors comment me trouves-tu ? Je te plais ?

La fille avait fait demi-tour et regardait Idriss. Il avança la main vers son cou pour reprendre sa goutte d'or. La fille écarta cette main timide. Puis tout en lui souriant, elle déboutonna son chemisier et lui dévoila ses seins. Les mains d'Idriss s'élevèrent et se tendirent vers cet étalage de chair pulpeuse. La fille cessa de sourire, referma son décolleté d'un geste brusque, et entraîna Idriss vers l'escalier d'un immeuble qui se trouvait de l'autre côté de la rue.

Quand Idriss frappa à la porte de l'hôtel Radio, l'heure réglementaire était passée depuis longtemps. Il finit la nuit recroquevillé sur un banc du cours Belsunce.

Le train pour Paris partait à 11 h 48. Dès le début de la matinée, Idriss errait dans la gare Saint-Charles. L'atmosphère turbulente le grisait agréablement. Dans sa détresse, il se sentait .conforté par les scènes d'adieux et de retrouvailles qui accompagnaient chaque départ et chaque arrivée d'un train, et auxquelles il participait en témoin affamé. Il interrogeait ses maigres connaissances géographiques pour essayer d'imaginer la destination des convois qu'il voyait s'ébranler vers Gênes, Toulouse ou Clermont-Ferrand. Il tentait d'établir un lien entre ces villes et les affiches de la S.N.C.F. où l'on voyait le mont Saint-Michel, Azay-le-Rideau, Versailles ou la pointe du Raz. Pourquoi ces hauts lieux de l'imagerie française ne correspondaient-ils jamais aux grandes cités où allaient les trains et les travailleurs qu'ils transportaient? Il y avait là, semblait-il, deux mondes sans rapport, d'une part la réalité accessible, mais âpre et grise, d'autre part une féerie douce et colorée, mais située dans un lointain impalpable.

A onze heures, le train pour Paris fut mis à quai. Idriss attendit pour monter que nombre de voyageurs eussent pris place. Observer, imiter, faire comme les autres pour ne pas trahir sa sauvagerie au milieu de ces civilisés. Il trouva un coin couloir, la place qui permet d'entrer et de sortir du compartiment sans déranger.

Un jeune homme surgi au dernier moment n'avait apparemment pas les mêmes scrupules. Il piétina quelques pieds pour gagner la fenêtre, et ayant abaissé la vitre, bavarder gaiement avec d'autres jeunes demeurés sur le quai. Quand le train s'ébranla, il y eut des grands cris, des mains nouées et de vastes gestes. Puis le jeune homme, le visage encore illuminé par ces adieux, se laissa tomber à la place restée libre en face d'Idriss. Il le regardait, toujours souriant, sans le voir. Idriss le dévorait des yeux. Comme il semblait enraciné chez lui, sûr de lui, bien adapté ce jeune Français de son âge! Lorsque plus tard le train s'arrêta en gare d'Arles, il retourna à la fenêtre et se pencha vers le quai, comme s'il s'attendait à y retrouver ses amis. Idriss ferma les yeux et se laissa bercer par le rythme régulier de la marche du train. Il entendait se reformer dans sa tête la musique de Zett Zobeida. Il revoyait la femme noire et rouge, entourée par les musiciens et leur énigmatique ritournelle :

> La libellule vibre sur l'eau
> Le criquet grince sur la pierre
> La libellule libelle la ruse de la mort
> Le criquet écrit le secret de la vie.

La danse fut interrompue par l'arrêt du train à Avignon, mais elle reprit ensuite :

> L'aile de la libellule est un libelle
> L'aile du criquet est un écrit.

Idriss voyait la goutte d'or rouler sur la gorge de la danseuse, puis se balancer dans le soleil au bout de son fil brisé. Il entendait la prostituée de Marseille : « Fichtre! C'est beau ça! On dirait de l'or massif. » Les cuisses écartées de la fille s'ouvraient sur un sexe brun, car bien entendu, cette blonde platinée était décolorée.

Idriss avait perdu sa *bulla aurea*, talisman oasien et signe de liberté. Il fonçait maintenant au rythme du train vers le pays des images. On approchait de Valence quand il se secoua et, quittant le compartiment, alla s'accouder à la barre de la fenêtre du couloir. Le paysage provençal déployait ses garrigues, ses oliveraies, ses champs de lavandin. Le jeune homme vint se placer à côté de lui. Il jeta vers lui un regard amical, et se mit à parler comme pour lui-même, mais en s'adressant à Idriss de plus en plus directement.

– C'est encore la Provence. Cyprès rangés en haie pour protéger les cultures des coups de mistral. Tuiles romaines sur les toits. Mais il n'y en a plus pour longtemps. C'est Valence la frontière du Midi. A Valence, on change de climat, on change de paysage, on change de constructions.

– Mais c'est toujours la France? demanda Idriss.

– Ce n'est plus la même France, c'est le Nord, c'est plutôt mon pays.

Il parla de lui. Il s'appelait Philippe. Sa famille avait une propriété en Picardie, près d'Amiens, où il était né. Il avait été élevé à Paris.

– Pour moi, le Midi, c'est les vacances. C'est aussi une curiosité un peu folklorique, l'accent, les histoires marseillaises. Mais je comprends qu'un Provençal qui passe la frontière de Valence se sente un peu en exil. Il fait gris et froid. Les gens ont l'accent pointu.

– L'accent pointu?

– Oui, l'accent pas provençal, celui qu'on entend à Lyon ou à Paris par exemple. Tu comprends, pour les gens du Midi, les gens du Midi n'ont pas d'accent. Ils croient parler normalement. Ce sont les autres Français qui ont un accent : l'assente poinntu. Pour les gens du Nord, ce sont les Méridionaux qui ont un accent, l'accent du Midi, un accent amusant, joli, mais qui ne fait pas sérieux. L'accent de Marius.

– Et ceux d'Afrique du Nord?

– Les pieds-noirs? Oh alors, c'est encore pire : le pataouet. Ça, c'est la fin de tout. Ceux-là, il faut vraiment qu'ils se mettent au vrai français.

– Non, je parle pas des pieds-noirs. Je veux dire : les Arabes, les Berbères?

Philippe un peu choqué regarda son voisin de plus près.

– Ceux-là, c'est pas la même chose. Ce sont des étrangers. Ils ont leur langue, l'arabe ou le berbère. Il faut qu'ils apprennent le français. Toi, tu es quoi?

– Berbère.

– Alors ici t'es vraiment à l'étranger.

– Tout de même moins qu'en Allemagne ou en Angleterre. En Algérie, on a toujours vu des Français.

– Oui, on se connaît. Chaque Français a son idée sur l'Algérie et le Sahara, même s'il n'y a jamais mis les pieds. Ça fait partie de nos rêves.

– Moi une femme française m'a photographié.

– La photo était réussie?

– Je ne sais pas. Je ne l'ai toujours pas vue. Mais depuis que j'ai quitté mon pays, j'ai de plus en plus peur que ça ne soit pas une bonne photo. Enfin pas exactement la photo que j'attendais.

– Moi, dit Philippe, j'ai toujours un tas de photos avec moi quand je voyage. Ça me tient compagnie. Ça me rassure.

Il entraîna Idriss dans le compartiment, et sortit un petit album de son sac de voyage.

– Tiens, ça c'est moi avec mes frères et ma sœur.

Idriss regarda la photo, puis Philippe comme pour comparer.

– C'est bien toi, mais en plus jeune.

– C'était il y a deux ans. A droite ce sont mes frères et derrière, mon père. La vieille dame, c'est ma grand-mère. Elle est morte au printemps. Ça c'est notre maison de famille près d'Amiens avec Pipo, le chien du jardinier. C'est dans ces allées que j'ai appris à marcher et à monter à bicyclette. Ça c'est toute la famille en pique-nique dans la forêt domaniale. Ma première communion, je suis le troisième à gauche. Ah et puis celle-là, c'est un secret!

Il faisait mine de dissimuler la photo en riant, mais finalement, redevenu grave, il la passa à Idriss.

– C'est Fabienne, la femme que j'aime. Nous sommes fiancés. Enfin pas officiellement. Elle prépare Sciences-Po, comme moi, mais elle a trois ans de plus que moi. Ça se voit?

Idriss regardait la photo avec avidité. Il avait reconnu le type de la femme blonde, celle de la Land Rover et celle de Marseille. Il se rembrunit et rendit l'album à Philippe qu'il scruta avec méfiance. Tout ce que le jeune Français lui avait dit sur lui-même, sa famille, leur maison, son pays, tout ce qui le distinguait d'Idriss venait se concrétiser dans l'image de cette femme. Philippe appartenait à la race des blondes voleuses de photo et de goutte d'or. Sa gentillesse, sa bonne volonté, le casse-croûte qu'il partagea avec Idriss, les commentaires qu'il égrena lorsque le train traversa les hauts du Vivarais, les doux vallonnements du Beaujolais, la plaine champenoise avec ses sapinières, rien ne dissipa l'angoissante certitude d'Idriss qu'il n'était entouré que d'étrangers, et qu'un obscur danger le menaçait.

Lorsque le train s'arrêta en gare de Lyon, Philippe parut l'oublier pour ne plus se soucier que de découvrir les siens dans la foule massée sur le quai. Idriss descendit derrière lui pour le voir aussitôt entouré par un groupe démonstratif. Il comprit que la brève complicité qui les avait rapprochés s'était effacée. Poussé par le flot des voyageurs, il s'avança jusqu'sur le trottoir de la gare le long duquel défilait une procession de taxis. La nuit était tombée. L'air était limpide mais presque froid. Le boulevard Diderot et plus loin l'enfilade de la rue de Lyon n'étaient qu'un scintillement de phares, d'enseignes, de vitrines, de terrasses de cafés, de feux tricolores. Idriss hésita un moment avant de se laisser glisser dans cette mer d'images.

Le cousin Achour, de dix ans plus âgé qu'Idriss, était un garçon fort, jovial et débrouillard. Il avait quitté Tabelbala cinq ans auparavant et envoyait à sa famille, à des intervalles il est vrai capricieux, des lettres optimistes et de modestes mandats. Mogadem s'était chargé de lui écrire pour lui recommander son neveu, mais Idriss était parti sans attendre sa réponse. Aussi fut-il soulagé de le retrouver au foyer Sonacotra [1] de la rue Myrha dans le XVIIIe arrondissement. Il y occupait une petite chambre dans une sorte d'appartement qui en comprenait cinq autres, une salle d'eau et une cuisine commune avec six réchauds à gaz et six réfrigérateurs cadenassés. Le foyer groupait ainsi douze logements de six chambres de célibataires, auxquelles s'ajoutaient une salle de prière et un salon de télévision. Achour présenta Idriss au patron de l'établissement, un pied-noir algérien rapatrié que tout le monde appelait Isidore, comme s'il se fût agi de son prénom, alors que c'était son patronyme. Il fut convenu avec lui qu'Idriss partagerait provisoirement la chambre de son cousin. Isidore fermerait les yeux sur cette entorse – assez commune – aux règlements de police.

Achour suppléait son absence de qualification professionnelle par une aptitude apparemment inépuisa-

---

1. Société nationale de construction de logements pour les travailleurs immigrés.

ble à toutes les tâches. Certes il avait tâté du travail d'O.S. chez Renault peu après son arrivée en France. Mais il avait profité du premier « dégraissage » de personnel pour ne plus jamais franchir la passerelle de l'île Séguin. Il n'était pas l'homme d'un travail régulier, monotone et contraignant.

– C'est surtout le bruit, expliqua-t-il à Idriss en évoquant cette triste période de sa vie. Ô mon frère! En arrivant dans l'atelier tu as la tête qui éclate. Tiens, la fonderie : sur un tapis roulant des vieux blocs-moteurs récupérés basculent et tombent les uns sur les autres dans le creuset. L'enfer, je te dis. Moi, tu me connais, je suis musicien, et même danseur. Me faire ça à moi! Le soir en sortant, je n'entendais plus rien. Je suis sûr que je serais devenu sourd en continuant. Et tu vois, le pire, c'est le mépris de l'ouvrier qui se trouve dans ce bruit. Parce que pas un ingénieur n'a jamais pensé à organiser le travail pour diminuer le bruit. Non, aucune importance! Les ouvriers ont des têtes de bois! Pourquoi se fatiguer?

Ensuite il avait été balayeur de quais dans le métro, bref épisode dont le seul souvenir qu'il gardait était la fameuse grève des nettoyeurs qui avait duré quatre semaines. Les services publics français n'ayant pas le droit de faire travailler des étrangers, les neuf cents travailleurs arabes, kabyles et sénégalais du métro ne pouvaient être employés par la R.A.T.P. que par l'intermédiaire d'entreprises privées de sous-traitance, de telle sorte que leur grève tombait en porte-à-faux sur deux employeurs d'égale mauvaise foi. Réunis à la Bourse du Travail, ils s'inscrivent tous en bloc à la C.F.D.T., ce qui leur vaut la visite chaleureuse d'Edmond Maire. Il est accueilli par des youyous et des danses, cependant qu'un jeune Sénégalais lui offre, toujours dansant, un petit bouquet de roses. Son discours est traduit aussitôt en arabe, berbère et toucouleur.

– Mais tu vois, cousin, rien n'est simple ni clair, parce que la C.G.T. a aussitôt déclenché une grève des nettoyeurs de trains, par solidarité qu'ils disaient. En vérité, c'était un coup fourré contre nous, parce que nos revendications n'avaient rien de commun avec celles des nettoyeurs de trains, et finalement ça a tout embrouillé.

Idriss écoutait de toutes ses oreilles sans rien comprendre à ces luttes entre nettoyeurs C.F.D.T. de quais et nettoyeurs C.G.T. de trains. Il lui sembla reprendre pied sur terre quand Achour évoqua un affreux mois de décembre qu'il avait passé en Corse pour la cueillette des clémentines. Quatorze heures de travail par jour, un bivouac atroce dans un hangar avec une trentaine de maudits dans son genre – des Marocains principalement – exploités par des employeurs corses sans entrailles.

– Depuis ce voyage, je peux plus voir une mandarine sans prendre la fuite. Non tu vois, cousin, faut surtout pas descendre dans le sud de la France ou en Corse. D'abord il y fait l'hiver plus froid que partout ailleurs. Les nuits corses de décembre! J'ai cru que j'y laisserais la peau! Et puis les gens, plus ils sont bronzés, plus ils sont frisés, plus ils nous ressemblent, plus ils sont arrogants avec nous. Si un jour on me propose d'aller cueillir des clémentines en Suède ou en Finlande, je réfléchirai, mais ça m'étonnerait que ça arrive.

Ensuite il avait « fait plongeur » dans plusieurs établissements, crèches, milk-bars, restaurants d'entreprise, fast-foods, libre-service, cantines scolaires. Le seul charme de ces emplois, c'était leur brièveté et l'espèce de loterie qui les attribuait. Au bureau de l'A.N.P.E. (agence nationale pour l'emploi), on distribuait aux candidats plongeurs des numéros allant de 1 à 1 000. Comme les offres arrivaient au compte-goutte, l'attente pouvait durer des semaines ou même des mois. Il est vrai qu'elle était souvent abrégée par la disparition du

119

porteur du numéro appelé, découragé ou employé ailleurs.

– Moi, j'étais toujours là quand mon numéro sortait, expliqua Achour fièrement. D'abord j'aime attendre. Attendre du travail, c'est le travail le moins fatigant que je connaisse. Et aussi le moins salissant. Ce n'est pas rien. J'ai passé des journées entières sur les bancs de l'A.N.P.E. à écouter appeler des numéros. Souvent ils étaient si éloignés du mien que je pouvais aussi m'absenter quelques jours. C'était des vacances en somme, et pendant ce temps-là le travail se faisait tout seul avec l'appel des numéros. Seulement tu vois, il fallait revenir à temps. Et pour cela, j'avais une sorte de flair. Je sentais venir mon numéro. Pas une fois je ne me suis présenté après qu'on l'a appelé en mon absence. Et puis il y avait la surprise qui était amusante. On ne savait jamais si on allait atterrir dans une pizzeria napolitaine, une crêperie bretonne ou à la Tour d'Argent. L'ennui, c'était de manger là. Ça a l'air d'une blague, mais je te jure, cousin, le point noir de la restauration, c'est la nourriture. D'abord l'heure. Parce que, naturellement, c'est à l'heure des repas qu'il faut donner le coup de collier. Alors on mange soi-même à des heures idiotes. J'ai jamais pu m'habituer à dîner à six heures ou à minuit. Dans un cas, j'ai pas faim. Dans l'autre, je suis écœuré par les assiettes sales et les restes dégoûtants que j'ai manipulés pendant cinq heures d'affilée. Finalement je ne mangeais plus. J'ai perdu des kilos. Ça ne pouvait plus durer.

Il avait été aussi toiletteur de chiens, homme-sandwich (« Pour un timide comme moi, l'avantage c'est que tu passes complètement inaperçu. On peut même dire que tu deviens invisible. Eh oui! Les passants, ils regardent le panneau que tu portes sur tes épaules, toi ils ne te voient même pas! »), colleur d'affiches, promeneur de vieilles dames (« Il y en avait une vraiment gentille, tu sais. Je marchais lentement à son pas, en lui donnant le bras, comme un bon fils respectueux et tout. Et puis un jour patatras, on passe devant le square de Jessaint, elle me dit : " N'entrons pas là, c'est plein de bougnoules ! " Elle m'avait regardé ? »), artificier (« Pour les feux d'artifice du 13 juillet, il leur faut du monde, tu penses ! Mais alors ça, c'est vraiment l'emploi saisonnier ! »), maître-baigneur dans une piscine (« J'ai pu leur dissimuler deux mois que je ne savais pas nager. Un record, non ? »), représentant de *Toutou*, la pâtée des chiens de luxe (« Le patron nous obligeait à ouvrir une boîte de *Toutou* en plein magasin et à en manger à grosses cuillerées avec des miams-miams gourmands devant la clientèle. Après ça il fallait aller déjeuner ! »), laveur de carreaux, laveur de voitures, laveur de cadavres à la morgue (« C'est pas croyable ce que j'aurai pu laver dans ma vie ! L'ennui, c'est que ça te décourage de te laver toi-même. Les laveurs de quoi que ce soit sont toujours sales comme des cochons. »).

Pour l'heure, il avait décroché à la mairie du XVIII<sup>e</sup> une suppléance de balayeur de rue, et une brève démarche au bureau de la voirie l'autorisa à s'adjoindre l'aide de son cousin. Coiffé d'une casquette municipale et la poitrine barrée par un ruban écarlate, Idriss découvrit ainsi la vie parisienne sous son aspect le plus humble. Il fut pris en amitié par un vétéran à moustache grise qui continuait de balayer par amour du métier, et qui lui apprit l'art de faire un bon balai avec des brindilles vertes de bouleau nouées par une ronce fendue. Comme ils faisaient équipe, on leur avait confié un petit chariot transportant un sac-poubelle avec la pelle et le balai. Ils devaient non seulement glaner les papiers gras et les crottes de chien sur les trottoirs et déblayer les caniveaux, mais vider les dix-sept corbeilles publiques du secteur dont ils avaient la charge. Idriss avait insisté auprès d'Achour pour qu'il lui laisse la clef cubique des prises d'eau des

121

caniveaux. Il aimait déclencher le flot gargouillant et veiller sur son cours sans cesse contrarié par des barrages d'immondices ou les pneus des voitures en stationnement. Cela lui rappelait la surveillance, le désensablement et l'ouverture des rus d'irrigation de la palmeraie de Tabelbala alimentés par les fegagir. Au demeurant, il n'en revenait pas de cette cité constamment menacée d'étouffement sous ses propres déjections, obsédée par l'urgence d'une évacuation de ses détritus, luttant contre l'accumulation de tous ses surplus, alors qu'une oasis ne souffre que de la pauvreté, du manque, du vide.

Achour ne se faisait pas faute entre deux coups de balai de lui faire la leçon et de lui communiquer les fruits de sa vieille expérience d'immigré.

– Ici, c'est pas comme au pays, lui disait-il. Au pays, t'es coincé dans une famille, dans un village. Si tu te maries, bon Dieu, tu deviens la propriété de ta belle-mère! Tu deviens comme un meuble de la maison. Ici non, c'est la liberté. Oui, c'est très bien la liberté. Mais attention! C'est aussi terrible, la liberté! Alors ici, pas de famille, pas de village, pas de belle-mère! T'es tout seul. Avec une foule de gens qui passent sans te regarder. Tu peux tomber par terre. Les passants continueront. Personne te ramassera. C'est ça la liberté. C'est dur. Très dur.

La timidité de son jeune cousin, sa gaucherie à saisir les moindres occasions offertes par le hasard, sa fierté un peu ombrageuse quand quelqu'un paraissait s'intéresser à lui, non vraiment, il fallait qu'il change, s'il voulait survivre à Paris.

– Ici, t'es comme un bouchon qui flotte sur l'eau, lui expliquait-il. Les vagues te jettent à droite, à gauche, tu coules, tu remontes. Alors tu dois profiter de tout ce qui se présente. Toi par exemple, t'es jeune et joli. Eh bien si quelqu'un te sourit, faut pas hésiter : va voir ce que c'est. C'est peut-être bien pour toi. Faut pas réagir comme une fille. Une fille, ça a une réputation à défendre, un honneur de femme. Il faut pas qu'elle se commette, sinon elle est perdue pour toujours. Toi, t'es pas une fille. T'as rien à perdre. De toute façon, nous autres ici, on n'a pas le droit d'être difficile.

Et bien entendu, il y avait l'environnement du foyer Sonacotra, le patron, Isidore, et la foule changeante des autres immigrés. Isidore avait reconstitué en plein Paris avec les locataires du foyer les relations paternelles et tyranniques qu'il entretenait quinze ans plus tôt avec les ouvriers arabes de la semoulerie qu'il dirigeait à Batna. « Moi les bicots, ça me connaît, affirmait-il aux inspecteurs qui venaient jeter un coup d'œil de routine dans les locaux du foyer. Je sais leur parler. Avec moi, jamais d'histoires. » Et il était vrai que les immigrés n'avaient pas à se plaindre de sa tutelle évidemment indiscrète et tatillonne, mais somme toute efficace.

– Les Français, commentait Achour, faut pas croire qu'ils nous aiment pas. Ils nous aiment à leur façon. Mais à condition qu'on reste par terre. Faut qu'on soit humble, minable. Un Arabe riche et puissant, les Français supportent pas ça. Par exemple, les émirs du Golfe qui leur vendent leur pétrole, ah ceux-là, ils les vomissent! Non, un Arabe, ça doit rester pauvre. Les Français sont charitables avec les pauvres Arabes, surtout les Français de gauche. Et ça leur fait tellement plaisir de se sentir charitables!

Mais son point de vue n'était pas exempt de sévérité et de revendication.

– Tous ces Français, faudrait quand même qu'ils le reconnaissent. La France moderne, c'est nous, les bougnoules, qui l'ont faite. Trois mille kilomètres d'autoroute, la tour Montparnasse, le C.N.I.T, le métro de Marseille, et bientôt l'aéroport de Roissy, et plus tard le R.E.R., c'est nous, c'est nous, c'est toujours nous!

Pourtant il se sentait découragé devant la foule passive et rêveuse des autres immigrés.

– Regarde les gars du foyer. Quelquefois je me demande ce qu'ils ont dans la tête. Si tu leur parles de l'avenir, il y a deux choses qu'ils peuvent pas admettre. La première, c'est de retourner au pays. Alors ça jamais! Ils sont partis, c'est pour toujours. Y en a quand même, ils pensent bien retourner au pays. Mais alors dans très, très longtemps quand le pays sera devenu une sorte de paradis sur terre. Autant dire jamais. Mais ici, ils ne sont pas heureux non plus. Ils voient bien qu'on ne veut pas d'eux. Alors rester ici pour toujours? Ah ça jamais! Alors qu'est-ce qu'ils veulent? Ni rentrer au pays, ni rester en France. Il y en a un qui m'a dit l'autre jour : ici c'est l'enfer, mais le pays, c'est la mort. Qu'est-ce qu'ils rêvent? Ils le savent pas eux-mêmes!

Bien entendu Idriss lui avait tout raconté de son histoire de photo. Achour l'avait écouté d'un air soucieux. Puis il avait conclu sombrement :

– Au fond tu vois, ta femme blonde avec son kodak, c'était un piège, un énorme piège. Et ce piège, mon frère, tu es tombé dedans la tête la première. Pauvre de toi! Est-ce que tu en sortiras?

Mais Idriss ne lui parla jamais de la goutte d'or de Zett Zobeida perdue sur le pavé marseillais.

La petite équipe de tournage s'affairait rue Richomme sous la direction d'un personnage corpulent que tout le monde appelait Monsieur Mage. On avait repéré au flanc du trottoir une bouche d'égout sur laquelle le cameraman avait braqué son viseur, tout en se ménageant la latitude d'un mouvement panoramique. Mais celui qui attirait l'attention des curieux, c'était un clown – un Auguste de cirque avec un nez rouge en carton et d'immenses chaussures – qui devait être le seul interprète de la séquence en cours de tournage. Il tranchait au milieu de ces gens gris et pâles, comme un pamplemousse dans un tas de pommes de terre. Monsieur Mage s'était immobilisé et regardait, d'un air pénétré qui accentuait son strabisme naturel, Idriss, qui observait lui-même le clown, appuyé sur son balai. Monsieur Mage fit signe à un homme à cheveux gris qui l'accompagnait.

– Tu vois le petit balayeur? Tu l'engages.

– Je l'engage? Pour quoi faire?

– Son boulot, pardi! Qu'il balaie. Dans le caniveau.

L'homme aux cheveux gris s'approcha d'Idriss. Il sortit de son portefeuille et lui donna une coupure de deux cents francs.

– Tu balaies. Allez! Balaie! T'occupe pas du reste. On répète! Tout le monde en place!

Idriss, résigné à ne rien comprendre, commença à promener son balai dans le caniveau. Le clown s'avança d'une démarche mal assurée, hésitante, cherchant quelque chose des yeux. Il avisa une palissade, courut regarder par-dessus, renonça à cette piste, examina le caniveau et le balai d'Idriss. Puis il tomba en arrêt devant la bouche d'égout. De sa démarche papillonnante, il décrivit un demi-cercle autour du trou. S'en rapprocha, s'agenouilla sur l'asphalte. Son visage exprimait l'angoisse, l'espoir, l'attente. Accroupi contre la bouche d'égout, il y plongea la main, puis le bras tout entier. On sentait son effort pour atteindre quelque chose qui se trouvait sans doute très loin dans le noir puant de l'égout. Enfin son visage s'éclaira. Un large sourire l'épanouit. Le clown se releva lentement en tenant dans sa main une belle rose rouge. Les jambes nouées l'une à l'autre, sa main libre ramant doucement dans le vide, les yeux fermés de volupté, il respirait maintenant le parfum de la rose.

– Très bien! cria Monsieur Mage. On va tourner ça. Tout le monde en place. Hé toi, le balayeur, reviens à ton point de départ. Et balaie, bon Dieu!

*

– Alors comme ça, on t'a fait tourner dans un film? Achour s'émerveillait.

– On m'a même donné deux cents francs! affirmait Idriss en tirant son portefeuille.

– A peine débarqué de Tabelbala, et déjà vedette de cinéma! Toi alors, on peut dire que t'es doué! Et moi qui me croyais débrouillard.

– D'ailleurs, renchérit Idriss, le metteur en scène m'a remarqué. Il m'a donné sa carte et m'a dit de lui téléphoner.

Achour déchiffra sur la carte de visite de couleur violette de Parme que lui passa Idriss:

*Achille Mage*
*Cinéaste*
*13, rue de Chartres – Paris XVIII<sup>e</sup>*

Il la passa sous son nez.

– D'après la couleur et l'odeur, ça doit être quelqu'un! Et puis, c'est pas loin d'ici. Tu vas l'appeler bientôt?

– Moi?

Idriss se sentait soudain dépassé. Se servir d'un téléphone, et pour appeler un inconnu qui paraissait être un homme considérable, c'était vraiment trop lui demander.

– Peut-être. Plus tard. On verra.

– Faut pas laisser passer des choses comme ça.

– Il y en aura d'autres.

– Toi alors! Je sais pas si je dois rire ou pleurer. Dans un sens, tu as peut-être la baraka parce que tu viens d'arriver. Tu connais rien à rien, et ça se voit sur ta figure. Et surtout, ton désert, ton oasis, tu les portes encore avec toi. Tu t'en rends même pas compte. Mais moi qui suis déjà tout bouffé par Paris, je sens bien qu'il y a quelque chose autour de toi qui attire et qui retient. C'est comme un charme. Ça ne durera pas. Profites-en.

– J'ai déjà beaucoup perdu à Marseille. Le soir de mon arrivée. Avec une putain.

Achour ricana.

– Ça, mon cousin, c'est pas grave! En un sens, comme ça devait arriver, autant que ça soit fait. J'espère tout de même que t'as pas attrapé quelque chose.

– Attrapé, non. Perdu, je te dis. Perdu.

Achour le regarda sans comprendre. Mais Idriss n'ajouta pas un mot d'explication.

Le menu – enluminé et tout frisé d'arabesques – annonçait en lettres calligraphiées :

*Au Képi Blanc*
*Spécialités de méchoui, tagine, couscous.*
*Décor mauresque*

La façade de l'établissement tenait du bordj militaire, du marabout religieux et du palais des *Mille et Une Nuits*. Un garçon en chéchia et pantalon bouffant veillait à la porte. Idriss s'approcha du menu, et se plongea dans sa lecture. Les mots dansaient devant ses yeux sans rien évoquer de précis dans son esprit : Bstila de pigeon à la cannelle, seksou au lait, briks au miel, chakchouka aux œufs, chorba aux herbes, bourek d'oignons, maktfah de vermicelles, dolma de poivrons...

– A votre avis, le couscous est-il meilleur au poulet ou au mouton ?

Idriss se retourna. Le jeune homme qui l'interpellait le fixait avec une ironie dure de ses yeux enfoncés dans un visage osseux.

– Je sais pas, balbutia Idriss, je n'ai jamais mangé de couscous.

Le jeune homme le dévisagea.

– Tiens, ça alors! Je vous aurais pris pour un Arabe.

– Non, je suis berbère.

– Arabe, Berbère, c'est kifkif, non?

– Non.

– Alors d'où venez-vous comme ça?

– Du Sahara. D'une oasis du nord-ouest du Sahara.

– Tu viens du Sahara et tu n'as jamais mangé de couscous?

– Non, jamais. A Tabelbala, on est trop pauvre pour manger du poulet ou du mouton. On dit : le ventre est une outre vide que l'expérience apprend à nouer.

– Alors votre plat national, qu'est-ce que c'est?

– Je ne pense pas qu'on a un plat national. Ce qu'on mange le plus, c'est du tazou, mais ça ressemble vraiment pas à un plat national.

– Le tazou?

– De la semoule avec des carottes, des piments, des choux, des fèves, des poivrons, des aubergines, des courgettes...

– De quoi vous emporter la gueule, quoi! Et la viande?

– Non, un bout d'os de chameau peut-être...

Quelques minutes plus tard, ils étaient accroupis à une table basse du restaurant devant un somptueux couscous au poisson. La pénombre luxueuse favorisait les rêves et les évocations du nouvel ami d'Idriss.

– Je te regarde et je me dis : c'est le Sahara qui vient à moi!

– Le Sahara, dit Idriss, j'ai appris ça en France. Chez nous y a pas de mot pour ça.

– Le Sahara, le désert, quoi!

– Chez nous y a pas de mot pour désert.

– Bon, alors si tu veux, les mots, c'est mon affaire. Je vais t'expliquer le Sahara.

– Les Français, faut toujours qu'ils expliquent tout.

Mais moi, je comprends rien à leurs explications. Un jour une Française blonde est passée par chez-moi. Elle m'a photographié. Elle m'a dit : « Je t'enverrai ta photo. » J'ai jamais rien reçu. Alors maintenant, je suis pour travailler à Paris. Des photos, j'en vois partout. Des photos d'Afrique aussi, du Sahara, du désert, des oasis. Je reconnais rien. On me dit : « C'est ton pays ça, c'est toi ça. » Moi? Ça? Je reconnais rien!

– C'est parce que tu ne sais pas. Il faut apprendre. Après tout, les petits Français apprennent bien la France à l'école. Je vais t'apprendre Idriss-du-Sahara.

– Et si tu m'apprenais aussi un peu toi?

– C'est vrai, ça, où avais-je la tête! Qui suis-je? Je suis le marquis Sigisbert de Beaufond pour te servir!

Et il se leva à demi pour s'incliner devant Idriss.

– Une des plus vieilles familles du terroir franc-comtois. Oui, monsieur. Et j'ajoute que ça me fait une belle jambe! Dès mon enfance, le révolté, le marginal, l'inscolarisable. Mis à la porte du jardin d'enfants de Passy, des Frères des Écoles chrétiennes de Neuilly, des Oratoriens de Pontoise, des Jésuites d'Evreux, des Lazaristes de Sélestat, des Ignorantins d'Alençon. A dix-sept ans, ma troisième fugue me mène à Sidi-bel-Abbès où je m'engage avec des faux papiers dans la Légion étrangère. Ah Idriss, la Légion! L'épopée des képis blancs. Tiens justement le patron du restaurant est un ancien. Marche ou crève! Camerone [1]. *La Bandera*, le film de Duvivier dédié au général Franco, chef de la Légion espagnole. Le premier grand rôle de Gabin. Le choc avec Pierre Renoir : « Vous me ferez huit jours de prison pour avoir eu l'intention de me tuer, et huit autres jours pour ne pas l'avoir fait quand

1. Localité du Mexique où, le 30 avril 1863, 64 hommes de la Légion Étrangère française résistèrent à 2 000 Mexicains. La date du 30 avril est devenue celle de la fête de la Légion Étrangère.

vous en aviez l'occasion ! » Et Pierre Benoit, *L'Atlantide* ! Brigitte Helm dans le rôle d'Antinéa. « Quelle journée écrasante ! Quelle nuit lourde, lourde... On ne se sent plus soi-même, on ne sait plus...

– Oui, dit la voix lointaine de Saint-Avit. Une nuit lourde, lourde, aussi lourde, vois-tu, que celle où j'ai tué le capitaine Morhange. » Et derrière tout ça, la vision mystique de Charles de Foucauld le saint de l'Assekrem : « Pense que tu dois mourir martyr, dépouillé de tout, étendu à terre, méconnaissable, couvert de sang et de blessures, violemment et douloureusement tué, et désire que ce soit aujourd'hui. »

« Mais vois-tu, Idriss, de tous les épisodes de l'épopée saharienne, celui que j'ai vécu le plus intensément, c'est la mort du général Laperrine en mars 1920, lors de sa tentative de liaison aérienne Alger-Niger. Le plus étrange : cet ancien commandant du territoire des oasis, ce compagnon de Charles de Foucauld, ce créateur des compagnies sahariennes, eh bien c'est par hasard qu'il a été embarqué dans cette mortelle aventure ! J'ai rencontré le pilote de son avion, le colonel Alexandre Bernard, dans la ferme bressane où il a terminé sa vie. Il m'a fait le récit de ce drame. Écoute bien ça, Idriss, c'est une épopée vraie !

« Il s'agissait donc d'établir la première liaison aérienne entre l'Afrique blanche et l'Afrique noire. Deux escadrilles de trois avions chacune devaient participer au raid, l'une partant de France, l'autre d'Alger. Des trois avions partant de France, l'un s'écrase à Istres, l'autre capote à Perpignan, seul le troisième arrive à Alger. Ce sont donc quatre appareils qui décollent d'Alger le 16 février. Celui que pilotait Alexandre Bernard devait emmener le général Nivelle qui commandait le 19e Corps d'Armée d'Alger. Mais les ennuis continuent. Nivelle, rappelé d'urgence à Paris, se décommande. L'avion mal réglé doit revenir à Alger après une heure de vol. Car les avions de ce temps étaient en bois et en toile avec des câbles et des haubans. La nuit, les écarts de température et l'humidité les déformaient, et il fallait, avant de décoller, les retendre et les équilibrer, un peu comme on accorde un violon avant le concert.

« La première étape se situait à Biskra où résidait le général Laperrine. Voyant que Nivelle avait dû renoncer, il se dépêcha de prendre sa place dans l'avion de Bernard. C'est d'ailleurs beaucoup dire quand on parle de place. En réalité, il n'y avait que deux trous dans la carlingue, l'un pour le pilote, l'autre pour le mécanicien, en l'occurrence Marcel Vasselin, un garçon de vingt ans. Laperrine doit donc s'asseoir sur les genoux de Vasselin, ce qui l'exposait anormalement à la violence du vent. L'avion volait à 130 kilomètres à l'heure avec une autonomie de cinq heures. Le tableau de bord comportait un compte-tours, un altimètre, une montre et un thermomètre d'eau. Ni compas, ni radio, ni micro pour communiquer avec les coéquipiers. Parfois Laperrine griffonnait un billet et le faisait passer au pilote.

« L'étape suivante, c'était In Salah. Jamais encore un avion n'avait atterri dans cette oasis. On fêta gaiement l'événement. Puis deux appareils reprirent leur vol vers Alger. Deux avions seulement devaient poursuivre vers le sud, l'un ayant à son bord le général Joseph Vuillemin, l'autre piloté par Bernard avec Laperrine et le mécanicien Vasselin. Bien entendu, il n'était pas question de franchir d'un coup d'aile les 690 kilomètres séparant In Salah de Tamanrasset. On atterrit encore à Arak au milieu de gorges tourmentées pour arriver le lendemain 18 février à Tam. Ces 2 300 premiers kilomètres, couverts en un temps record et avec une météo idéale, nous avaient rendus confiants. Dangereusement confiants. Nous nagions dans l'euphorie. Le raid Alger-Niger se déroulait avec une facilité presque décevante. Pourtant au sud de Tam, c'était la plongée dans l'inconnu. On avait certes envoyé des messages aux autochtones pour qu'ils jalonnent le trajet de dessins au sol et de grands feux de broussailles. Mais dès la deuxième heure de vol, on entre dans un brouillard de sable épais. Notre avion est plus rapide que celui de Vuillemin, mais il n'a que cinq heures d'essence, contre dix pour celui de Vuillemin. Les deux équipages se perdent de vue. Laperrine m'ordonne de m'élever au-dessus des nuages à plus de 3 000 mètres pour essayer de reprendre le contact. Vainement. Il me passe message sur message. " Je suis sûr que le vent nous fait dériver vers l'est ", m'écrit-il. Moi, j'ai un autre souci. Mon réservoir est presque vide. Il faut se poser. Il est midi quand j'amorce un vol plané qui va encore aggraver notre dérive. J'aurais mieux fait de descendre en spirale. Le sol qui apparaît se présente assez bien. L'avion commence à rouler normalement. Mais à mesure qu'il ralentit, les roues pèsent davantage sur le sable, et soudain la croûte superficielle s'effondre. Les roues s'enlisent. L'avion pique du nez et capote. Laperrine, toujours assis en équilibre sur les genoux de Vasselin, est projeté au sol. Nous ne nous doutons pas d'abord qu'il est grièvement blessé. Nous nous dégageons du grand oiseau de toile qui gît sur le dos, les pattes en l'air. Laperrine se plaint de son épaule gauche. Je la lui frictionne avec une lotion à l'époque très populaire, l'Arquebuse. Il s'évanouit. Nous devions apprendre plus tard qu'il avait la clavicule fracturée et plusieurs côtes enfoncées. Revenu à lui, il assume pleinement la direction des opérations. Il décide que nous allons faire une marche de reconnaissance vers l'ouest, puis revenir ensuite vers l'avion qui a l'avantage de signaler notre présence. Nous marchons donc plusieurs heures sur un sol pourri qui s'effondre sous chacun de nos pas. Quand nous nous arrêtons épuisés, il n'y a toujours rien en vue. A tout hasard nous tirons trois coups de feu rapprochés, signal conventionnel de détresse. Ensuite nous faisons demi-tour, et nous revenons sur nos traces. Si le vent les avait effacées, il est douteux que nous aurions retrouvé l'avion. Or il contenait l'essentiel de notre eau. Nous nous avisons en effet que son radiateur contient dix-huit litres d'eau qui viennent s'ajouter providentiellement à celle de nos bidons. Le radiateur est retourné, ouverture en bas, mais par chance pas une goutte n'a fui. Laperrine décide que nous boirons chacun la valeur de sa timbale toutes les trois heures. Cette timbale d'argent est un cadeau du duc d'Aumale, vainqueur en 1843 d'Abd-el-Kader. Elle ne le quitte pas dans ses déplacements. Comment tu trouves ça, petit, Laperrine qui nous fait boire toutes les trois heures dans la timbale du duc d'Aumale?

« Et l'attente commence, chaque jour absolument semblable au précédent, avec des nuits glaciales et des midis de fournaise. Au début, nous mangions un peu, mais notre déshydratation progressant, nous ne pouvons plus rien avaler de solide dès le huitième jour. Le quinzième jour, Laperrine a la bouche ensanglantée. Le lendemain, il commence à délirer. Le matin suivant, il ne bouge plus. Je m'aperçois que des fourmis courent sur ses yeux ouverts. Il est mort. Nous l'enfouissons dans le sillon creusé par l'avion. Nous couvrons l'emplacement avec un morceau de toile. Une idée bizarre nous fait poser sur cette toile la roue de secours de l'avion surmontée de son képi de général. Nous ne savons pas encore que cette mort va nous sauver! Nous prenons la décision héroïque de diminuer de moitié notre ration d'eau : un tiers de litre par vingt-quatre heures, là où il nous aurait fallu six à sept litres pour compenser notre déshydratation. Le vingt-troisième jour, il ne nous reste plus une goutte d'eau. Nous buvons la fameuse Arquebuse, le liquide de la boussole, tous les flacons de notre pharmacie de campagne – teinture d'iode, huile camphrée, élixir parégorique. Nous mangeons notre pâte dentifrice. Enfin nous décidons de nous tuer. Comment? En buvant, nom de Dieu, en buvant! En buvant quoi? Notre propre sang. Il y a un rasoir. Nous nous entaillons profondément les poignets. Mais là, c'est la déception : pas une goutte de sang ne coule. Des plaies blanches. Nous sommes trop déshydratés. Et tiens, regarde.

Il tendit ses poignets à Idriss.

– Tu vois ces traits blancs sur la peau. Ce sont les cicatrices!

– Non, avoua Idriss honnêtement, je ne vois rien.

– C'est trop mal éclairé ici, expliqua Sigisbert.

Puis après un moment de silence, il reprit le fil de son rêve.

– Ces plaies blanches, eh bien elles se sont enfin décidées à saigner, mais au bout de trois jours complets d'arrosage. Car nous avons été sauvés! Un jour – c'était le 25 mars – Vasselin me dit qu'il a entendu un chameau blatérer. Je lui réponds qu'il délire. Mais bientôt j'entends moi aussi des bruits de vie dans le silence minéral du désert. Je saute sur ma carabine, et je tire trois coups en l'air. Il s'agissait bien d'une équipe de sauvetage, celle que commandait le lieutenant Pruvost. Seulement mes coups de fusil, au lieu de les faire accourir, les mettent en état d'alerte. Ils font baraquer leurs chameaux, et nous voyons s'avancer sur nous une ligne de tirailleurs en formation de combat. C'était ridicule, mais nous étions tirés d'affaire.

« Or je vais te dire encore deux choses à peine croyables. On m'a jeté une guerba. Et j'ai bu. J'ai bu la valeur de la timbale d'argent du duc d'Aumale. Pas une goutte de plus! C'était devenu ma ration pour huit heures. Je n'avais pas soif pour une goutte de plus. Il a fallu se réhabituer à avoir soif et à satisfaire sa soif.

« Et ceci encore qui est beaucoup plus grave. Tu crois peut-être que la survenue de ces sauveteurs nous a remplis, Vasselin et moi, d'une joie intense? N'en crois rien. La vérité, c'est qu'ils arrivaient trop tard. Trop tard, oui, nous étions déjà largement engagés sur le chemin de la mort. Nous étions déjà morts en grande partie. Ces hommes, vivants à cent pour cent avec tout leur tintamarre de chameaux et de ravitaillement, eh bien ils nous dérangeaient. Nous avions payé assez cher, non, le droit de crever en paix?

« D'ailleurs nous avons vite compris dans quel enfer ce sauvetage inespéré nous précipitait. Nous étions incapables, non seulement de marcher, mais de tenir sur un chameau. On a donc fabriqué pour nous des sortes de civières de fortune fixées au flanc d'un chameau, et c'est dans cet équipage lamentable qu'on nous a ramenés à Tamanrasset. Oh pas d'une seule traite! Il a fallu faire des haltes de plusieurs jours parfois, quand nous étions épuisés au point de risquer de crever dans ces litières infernales.

« Tu vois, Idriss, dans toute cette histoire, ce qui m'impressionne le plus, c'est ce travail que nous avons accompli dans des souffrances indicibles pour nous arracher à la vie. Et voici que surgissent ces diables de méharistes, juste à temps pour nous attraper par les pieds et nous tirer à eux, nous faire retomber dans la vie, dans toute la misère de la vie...

Une fois de plus, la bille d'acier s'engage dans le couloir du superbonus, déclenchant une avalanche de signaux lumineux et sonores autour de la femme-cow-boy du grand tableau d'affichage. Canalisée par les plots, elle vient en douceur se loger dans l'un des godets à 5 000 points. Elle en rejaillit en heurtant la vitre, rebondit sur le champignon central vers le sommet de la pente, descend à grande vitesse à travers tout le plateau en direction du trou zéro. C'est là que la virtuosité incomparable du grand Zob se manifeste. Un très léger coup de la paume sur le bord du jeu, et la bille déviée de justesse atterrit sur l'un des flippers. Zob la laisse glisser aux deux tiers du battoir... et tire! La bille renvoyée en plein ciel passe encore un coup dans le couloir du superbonus. Deux claquements secs annoncent les parties gratuites qui viennent s'ajouter aux autres sur le compteur. Les adolescents qui se pressent autour du jeu lèvent les yeux vers le visage grêlé de petite vérole du grand Zob. C'est l'hommage muet et fervent de sa cour éblouie par sa merveilleuse maîtrise. L'un d'eux murmure : « Voir ça, c'est super-planant! » Rien n'indique que Zob soit sensible à cet encens. Ses lourdes paupières restent abaissées sur ses yeux exorbités. Aucun sourire ne relève l'arc amer de sa bouche. Il ne joue maintenant que d'une main, faisant nettement entendre qu'il n'y est plus. Puis il se détache du jeu d'une secousse, abandonnant royalement aux adolescents qui se bousculent à sa place les cinq parties gratuites qu'il vient de gagner.

Idriss, figé d'admiration, le regarde s'éloigner en traînant ses bottes. L'Électronic flambe de ses néons multicolores à l'angle de la rue Guy-Patin et du boulevard de la Chapelle. Il doit sa clientèle sérieuse, selon les heures, aux voyageurs du métro aérien Barbès et au personnel de l'hôpital Lariboisière. Mais Idriss est attiré par la salle de jeux où des jeunes semblablement casqués, bottés et culottés font crépiter et clignoter des batteries de scopitones, flippers et juke-box. Il rêve de se faire admettre par ces garçons de son âge.

– Viens, je t'offre un baby-foot.

Idriss se retourne. L'invitation venant de l'un des adolescents l'aurait comblé. Mais il s'agit d'un vieux, un homme corpulent, vêtu de flanelle gris clair, d'une chemise rose à col ouvert et d'un foulard mauve. Son regard, cassé par un léger strabisme, l'observe à travers des lunettes à grosse monture.

– Mais c'est mon petit balayeur!

L'homme secoue affectueusement Idriss par l'épaule. C'est Achille Mage, le metteur en scène qui lui avait donné 200 francs pour sa figuration. Il lui avait même laissé sa carte, et Achour avait reproché à son cousin de ne pas avoir encore téléphoné. « Bientôt il t'aura oublié! »

Apparemment Mage n'a pas oublié Idriss, et il ne paraît pas lui en vouloir de n'avoir pas téléphoné. Il consulte sa montre.

– Au lieu de rester ici, on va aller prendre un verre chez moi, décide-t-il soudain.

Il entraîne Idriss qui proteste.

– Mais je ne bois pas d'alcool.

– J'ai quelque chose d'autre à t'offrir. Palmeraie, ça s'appelle. Tu connais les petits gars de l'Électronic?

– Non, ils ne me parlent pas, avoue Idriss.

– Moi, je les connais. Tous. Et eux me connaissent, bien qu'ils ne m'adressent pas la parole en public. Et ils ont tous noté qu'on partait ensemble. Même le grand Zob qui traînait sur le trottoir. Continue à ne pas leur parler. Et moins tu iras à l'Électronic, mieux ça vaudra.

– Mais c'est là que vous m'avez trouvé.

– Eh bien il fallait que tu y ailles pour me rencontrer! Maintenant que c'est fait, c'est terminé. D'accord?

Ils ont traversé le boulevard de la Chapelle et sont passés sous le métro aérien. Par la rue Caplat, ils s'engagent dans la médina de Paris, exclusivement peuplée d'Africains. Soudain Mage s'arrête et désigne la plaque bleue de la rue de Chartres.

– Chartres! Tu mesures l'énormité, l'hénaurmité, comme disait Flaubert?

*Beauceron je suis, Chartres est ma cathédrale!*

Pauvre Péguy! S'il voyait ça! A défaut de cathédrale, j'y ai mon petit nid d'amour. Au 13, mon chiffre porte-bonheur, parce que vois-tu avec moi tout est toujours à l'envers.

Il s'arrête devant un immeuble d'aspect sordide qui s'ouvre sur la rue par un porche noirci.

– Note la disposition des lieux. La cour est ouverte à tout vent. On passe le porche, on y est. On peut même entrer dans la cour directement en mobylette, si tu vois ce que je veux dire.

– Non.

– Les électroniciens avec qui tu étais tout à l'heure ont tous leur pétaradeuse. Quand j'entends pétarader dans ma cour, je sais que j'ai une visite. Car je possède trois fenêtres sur la cour. Mais inutile de regarder pour savoir lequel a besoin d'argent de poche. Le casque les rend tous pareils. Le cœur battant d'impatience, je dois attendre pour savoir qui monte mes trois étages et sonne à ma porte. C'est la surprise du chef. Le passionnant, c'est que mes pronostics sont toujours démentis par les faits. Mais finalement, ils viennent tous. Ils savent que la maison vaut le déplacement. Tous sauf un : le grand Zob. Évidemment avec sa gueule et sa carcasse, il n'a pas grand-chose à vendre. Pourtant il ne manque jamais de rien, le grand Zob. J'ai mis du temps à comprendre. Ce qui m'a éclairé finalement, c'est que tout se passait trop bien. Je veux dire : jamais de bousculade dans la cour ou l'escalier. Jamais non plus de passage à vide excessif. Une succession harmonieuse de visites pétaradantes, aussi variées que régulières. Curieux, non ? Alors j'ai fait comme Voltaire, qui regardant le ciel disait :

> L'univers m'embarrasse et je ne puis songer
> Que cette horloge existe et n'ait pas d'horloger.

J'ai cherché l'horloger. Et j'ai trouvé. Devine qui ? Le grand Zob ! Un horloger qui bien entendu se fait payer par son horloge, je veux dire par les petits électroniciens dont il règle la ronde.

Il s'arrête sur le palier du troisième étage et, tout en cherchant ses clefs, il demande à Idriss :

– Et sais-tu pourquoi je te raconte tout ça ?

– Non.

– Ce n'est pas, crois-moi, pour le plaisir d'étaler cyniquement les turpitudes de ma vie privée. C'est pour que tu n'ailles plus traîner à l'Électronic où l'affreux Zob ne demande qu'à t'incorporer de gré ou de force à son cheptel. Tu as compris ?

– Pas tout, je crois.

Ils sont maintenant dans un petit appartement dont le confort contraste vivement avec la misère de l'immeuble.

– Tu vois, commente Mage, dehors tout n'est que crasse et puanteur, fange et souillure. On pousse ma porte : ici tout est luxe et beauté, calme et volupté. Donc tu n'as pas bien compris? Assieds-toi là. En face de moi. Mais enfin, mon petit bonhomme d'où sors-tu pour être aussi naïf?

– Je loge au foyer Sonacotra de la rue Myrha.

– Non, je veux dire avant. Alger, Bône, Oran?

– Tabelbala.

– Ta quoi?

– Tabelbala. Une oasis en plein désert.

Mage s'est brusquement levé. Il s'approche d'Idriss et le regarde fixement, ce qui aggrave son strabisme.

– En plein désert... dans les sables?

– Le sable, c'est pas ça qui manque, mais il y a surtout des cailloux. Le reg, on dit.

Mage se redresse, l'air désemparé. Il va, comme titubant, vers le bureau, et revient avec une feuille de papier à dessin et un marqueur jaune.

– S'il vous plaît, dessine-moi un chameau.

– Quoi? Un chameau?

– Oui, dessine-moi un chameau.

Docilement Idriss se met au travail. Mage se dirige vers sa bibliothèque. Il en tire un album illustré, revient s'asseoir en face d'Idriss, et change de lunettes. Puis il lit à haute voix :

*J'ai ainsi vécu seul, sans personne avec qui parler véritablement, jusqu'à une panne dans le désert du Sahara, il y a six ans. Quelque chose s'était cassé dans mon moteur. Et comme je n'avais avec moi ni mécanicien, ni passagers, je me préparai à essayer de réussir, tout seul, une réparation difficile. C'était pour moi une question de vie ou de mort. J'avais à peine de l'eau à boire pour huit jours. Le premier soir je me suis donc endormi sur le sable à mille milles de toute terre habitée. J'étais*

*bien plus isolé qu'un naufragé sur un radeau au*
*milieu de l'Océan. Alors vous imaginez ma surprise*
*au lever du jour, quand une drôle de petite voix m'a*
*réveillé. Elle disait :*

– Moi, les chèvres, les moutons, les chameaux, ça
me connaît, lui dit Idriss en lui donnant son dessin. J'ai
vu que ça pendant toute mon enfance.

– Et c'est ainsi, poursuit Mage les yeux levés vers lui,
c'est ainsi qu'en pleine solitude, avec mon moteur
cassé, j'ai vu arriver le Petit Prince des sables, toi
Idriss.

Idriss se lève pour tenter de secouer la fantasmagorie qui une fois de plus menace de l'emprisonner,
comme dans un filet d'images.

– Encore une histoire que je ne comprends pas. Le
désert, tout le monde m'en parle depuis que je l'ai
quitté. A Béni Abbès, on l'a mis dans un musée. A
Béchar, on l'a peint sur une toile. J'ai vu à Marseille
une affiche sur le paradis des oasis. J'ai dîné avec un
marquis. Il m'a raconté Antinéa de M. Benoit, et le
général Laperrine, le père de Foucauld et la Légion
étrangère. Et maintenant vous avec votre petit prince.
Je n'y comprends rien, et pourtant ce désert, c'est bien
là que je suis né.

– Mais enfin, la solitude, ma solitude. Qu'est-ce que
tu en fais de la solitude ?

– La solitude, qu'est-ce que c'est encore ?

– Je te l'ai dit, c'est un moteur cassé et personne, tu
m'entends, personne ! Et toi tu arrives tout à coup avec
ta jolie petite gueule de bougnoule comme je les
aime !

Il l'a pris par les épaules. Il serre ses joues dans sa
main en le secouant affectueusement.

– Alors écoute-moi bien, Idriss de mon cœur, Idriss
de mon cul. Toi t'es un pauvre clochard, parce que tu
débarques avec tes cheveux frisés et ton teint de

moricaud. Moi je suis riche et puissant. Je fais des films pour la télévision, c'est mon métier. Je connais tout Paris. Je tutoie Yves Montand, Jean Le Poulain et Mireille Mathieu. Je déjeune avec Marcel Bluwal et Bernard Pivot. Mais la vraie vérité, c'est que moi aussi je suis un pauvre clochard, et j'ai besoin de toi. J'ai besoin de toi, tu m'entends? C'est inespéré, non?

– Vous avez besoin de moi pour quoi faire?

– Pour quoi faire, pour quoi faire! Tu fais semblant ou t'es vraiment débile? Pour vivre, nom de Dieu!

Il se détourne et fait quelques pas dans la pièce. Puis il revient s'asseoir et, d'une voix plus calme, il reprend.

– A partir de demain, je commence un film de publicité aux studios Francœur. Je t'embauche. Tu as d'ailleurs déjà tourné pour moi. Tu vois, j'ai besoin de toi pour mon film.

Idriss est venu s'asseoir en face de lui. Repris par son métier, Mage explique.

– C'est une pub pour un soda aux fruits : Palmeraie. Oui, cette cochonnerie s'appelle Palmeraie. Je dois en avoir des échantillons dans mon frigo. L'été prochain, grâce à moi, toute la France boira Palmeraie. Donc ça commence dans le désert. Deux explorateurs se traînent à moitié morts de soif dans les sables avec un chameau. Soudain, ils sont sauvés!

*

– Biglou t'a donné combien?

Idriss est redescendu seul dans la rue de Chartres. Il a rendez-vous le lendemain aux studios Francœur avec Mage et son équipe. Mais il n'est pas allé loin. Les trois gars bottés et casqués devaient le guetter. Ils le coincent dans une porte. Celui qui l'interroge, c'est le grand Zob. Idriss l'a reconnu tout de suite malgré son casque.

– On t'a vu monter avec lui. Il t'a donné combien?

– Biglou?

– Oui, Monsieur Mage, si tu préfères. C'est comme ça qu'on l'appelle à l'Électronic. Ne fais pas l'imbécile. Amène la monnaie!

– Il m'a rien donné, je vous le jure!

– Fouillez-le!

Idriss esquisse un mouvement de défense contre les mains des deux autres qui entreprennent d'explorer ses poches. Une gifle lui projette la tête en arrière contre la porte. Mais la fouille ne rapporte que quelques pièces de monnaie. Zob les regarde avec mépris, puis il les jette sur le trottoir.

– Mets-toi bien ça dans le crâne, pauvre minable. Biglou, c'est à nous. Pas question que tu l'exploites pour ton compte. Tu en tires le maximum, d'accord. Ensuite tu passes à l'Électronic, et tu donnes tout. Tout, c'est clair? A moi ou à un de ces deux-là. Et nous ensuite, on te donne ta part. Une seconde gifle souligne ces instructions péremptoires. Le trio s'éloigne sur ses bottes à talons hauts. Idriss se redresse. Il se frotte la figure, et se met à la recherche de son argent entre les pavés du trottoir et dans le caniveau.

*

Achour écoute en hochant tristement la tête.

– Alors ils t'ont battu?

– Un peu, pas trop, précise Idriss.

– Et Monsieur Mage, qu'est-ce qu'il t'a dit d'autre?

– Il m'a dit aussi : « Les garçons m'appellent Biglou, parce que j'ai comme une coquetterie dans le regard. Mais dire que je louche, ce serait pure calomnie. »

– Tu te souviens bien. Et il t'a fait boire?

– Oui, sa nouvelle boisson. Palmeraie ça s'appelle. C'est plutôt bon. Y a pas d'alcool dedans. C'est sur

144

Palmeraie qu'il doit faire un film avec moi. Un film de trente secondes où il y aura aussi le chanteur Mario.

– Il fume?

– Non. Il m'a offert une cigarette. J'ai dit que je ne fumais pas. Il m'a dit : « Moi non plus. Il y a vingt ans que j'ai fumé ma dernière cigarette. Le goût du tabac, je ne le retrouve plus que sur la bouche des garçons. Pour moi c'est devenu l'odeur du désir. » Qu'est-ce que ça veut dire?

– Tu as une mémoire formidable. Tu as appris par cœur ses phrases entières. Mais vraiment tu ne comprends pas grand-chose.

– C'est parce que je ne comprends pas la moitié de ce qu'il dit que je retiens tout par cœur. Ça compense un peu.

– Qu'est-ce qu'il dit encore, Monsieur Mage?

– Il dit : « Je vois dans les yeux des garçons l'image d'une grosse tante sentimentale, bigleuse et bourrée d'argent. Je n'arrive pas à me persuader que c'est moi. »

– Il a vraiment beaucoup d'argent?

– Il le dit. Les garçons aussi. Ça doit être vrai. A propos de l'argent, il dit : « L'argent s'accorde merveilleusement avec le sexe. Donner de l'argent à un garçon, c'est s'en rendre propriétaire, c'est déjà faire l'amour avec lui. Ça peut même suffire dans certains cas. L'argent qu'il me vole est à lui. Le sexe fait tomber les limites de la propriété. » Qu'est-ce que ça veut dire tout ça?

– Qu'est-ce qu'il t'a encore dit?

– Il m'a dit que nous avions un rendez-vous et qu'il ne fallait pas le manquer. J'ai noté : 27 rue Francœur, demain matin à dix heures.

– Il devait penser à une autre sorte de rendez-vous, mais ça, c'est trop compliqué pour toi.

– C'est pas ma faute, je viens d'ailleurs.

Achour se tait un moment pour suivre une idée lumineuse, mais difficile à cerner.

– Je remarque une chose, tu vois. Bon d'accord, tu viens d'ailleurs. Tu viens de Tabelbala. Moi aussi. Seulement moi, c'est drôle, personne ne m'a photographié, et quand je suis arrivé ici, on m'a plutôt laissé tranquille. Toi, ça commence avec la blonde de la Land Rover qui te tire le portrait. Ensuite, ça n'arrête plus. Es-tu déjà allé au cinéma?

– Non, admet Idriss. J'en ai eu souvent l'intention mais chaque fois l'occasion m'a manqué.

– Ça alors, c'est extraordinaire! Parce que nous autres, privés de tout, on n'a que le rêve pour survivre, et le rêve, eh bien c'est le cinéma qui nous le donne. Le cinéma, il fait de toi un homme riche, raffiné, qui roule dans des belles voitures décapotables, qui habite dans des salles de bains nickelées, qui embrasse sur la bouche des femmes parfumées, pleines de bijoux. Le cinéma, c'est notre maître d'école. Quand tu arrives du bled, comment on marche sur un trottoir, comment on s'assoit dans un restaurant, comment on prend une femme dans ses bras, c'est le cinéma qui te l'apprend. Combien y en a des nôtres qui font l'amour qu'au cinéma! Tu n'as pas idée. C'est même très dangereux pour les filles de chez nous, parce que le cinéma, il leur apprend des choses qu'elles rapportent ensuite à la maison. Et leur père ou leur frère aîné, ils tapent sur elles à coups de poing ou à coups de bâton pour leur faire sortir de la peau les sales choses qu'elles ont prises au cinéma. Et toi, te voilà, et tu vas pas au cinéma, mais le cinéma, c'est toi qui le fais! On te photographie, on te filme, et demain ça recommence!

– C'est pas ma faute, répète Idriss.

Tout allait mal sur le plateau numéro 5 des studios Francœur. La crinière noire et la barbe jupitérienne de Mario ne rayonnaient plus d'optimisme royal. La sueur luisait sur son torse passé au fond de teint. Sa bedaine pendait tristement sur sa jupe de palmes de papier. Mage lui faisait face en grimaçant. On était parvenu au moment critique d'une séance de tournage où le réalisateur désespéré ne voit plus qu'une solution : assumer les rôles de tous les acteurs, après s'être également chargé des fonctions de cameraman, d'éclairagiste et de preneur de son. C'était dans cette atmosphère lourde qu'Achille Mage révélait le plus pleinement son génie. Saisi d'une inspiration panique, il se métamorphosait à vue en chanteur de variétés. Il devenait Mario, le vrai Mario, celui qu'on avait engagé, éclatant de vitalité communicative.

– Pal, pal, pal, palmeraie! chantait Mage en se contorsionnant sous l'œil médusé du chanteur. Regarde, je suis fort, je suis gai, je m'éclate. Et pourquoi, je te prie? Parce que je bois : pal, pal, palmeraie... Musique s'il vous plaît!

La sono envoya docilement l'indicatif de la publicité Palmeraie. Mage, pris de frénésie dansait en louchant à un degré effrayant à travers ses lunettes. Tout à coup il s'arrêta.

– Stop! Silence! Arrêtez immédiatement ce déballage ordurier!

Le silence se fit. Mage s'était redressé, soudain digne, solennel, inspiré.

– Écoutez-moi tous! Palme... c'est le titre d'un des plus beaux poèmes de Paul Valéry :

> *De sa grâce redoutable*
> *Voilant à peine l'éclat,*
> *Un ange met sur ma table*
> *Le pain tendre, le lait plat.*
> *Il me fait de la paupière*
> *Le signe d'une prière*
> *Qui parle à ma vision :*
> *– Calme, calme, reste calme!*
> *Connais le poids d'une palme*
> *Portant sa profusion!*

Saint Valéry, pardonne-nous notre ignominie! On reprend tout, les enfants. Tout le monde en place. Clapman s'il te plaît! Moteur!

Le clapman se précipita devant la caméra avec son ardoise en criant : « Palmeraie, 1$^{re}$, 14$^e$ prise! » Dans un Sahara de carton, on voit deux « explorateurs » – vêtements kaki, casque colonial – se traîner en gémissant. Un chameau squelettique les suit. L'un des deux explorateurs s'effondre. Il est soutenu par son compagnon. Il gémit : « A boire! A boire! » L'autre l'interroge : « A boire? A boire quoi? » Le premier explorateur se redresse soudain, le visage radieux, et montre l'horizon : « Palmeraie! – Palmeraie? – Mais oui, une palmeraie. On est sauvé! »

– Coupez! crie Mage. Ce n'est pas ça du tout! Tu comprends, si tu n'y mets pas plus de conviction, ce n'est pas drôle. Tu dois faire rire, d'accord. Mais à force de conviction! C'est tout le secret d'une bonne pub.

Et il mime à son tour les deux rôles :

– A boire, à boire, à boire quoi? Palmeraie! Palmeraie? Mais oui, une palmeraie, on est sauvé! Allez on recommence. Tout le monde en place. Clapman, c'est la 15e prise. Allons bon, le chameau. Où est passé le chameau?

Il se jette dans les décors à la recherche du chameau. Il finit par le trouver dans un coin du studio avec Idriss qui lui parle en le caressant.

– Ah bien sûr! Tu sais lui parler, toi. Tu lui parles en quoi? En chameau?

– Non, en berbère. C'est ma langue.

– Bon, alors dis-lui en berbère qu'on reprend la séquence depuis le début. Allons les enfants, tout le monde en place. Clapman!

Les deux explorateurs et le chameau reprennent leur déambulation hagarde dans le désert. Ils arrivent ainsi dans un décor de fleurs en plastique, accueillis par un groupe de chanteurs et de filles mené par Mario. Tout le monde chante « Palmeraie » autour d'une fontaine qui dégorge un liquide vert métallique. Mage les interrompt.

– Coupez! Ce n'est pas encore ça. Il faut faire vrai, vous m'entendez? Ce n'est pas de l'opérette ici. Si vous n'y croyez pas, vous ne vendrez pas. C'est l'A B C de la pub, ça. La pub, c'est l'honnêteté!

Et il se remet infatigable à mimer tous les rôles à la fois. Il s'arrête essoufflé et boit à une bouteille qu'on lui passe.

– Pouah! Qu'est-ce que c'est que cette saleté? Palmeraie. J'aurais dû m'en douter. Vous n'auriez pas une bière? On va reprendre. Mais pour nous donner du cœur, on répète le slogan : « La palme à Palmeraie. » Tout le monde avec moi, même les machinistes : la palme à Palmeraie! Et maintenant tout le monde boit. Une, deux, trois, hop! Et le chameau? Le chameau a encore disparu. Idriss, ton chameau! Il faut que le

149

chameau boive aussi. Et même, tiens, ça fera plus vrai, avec une paille! Idriss amène ton chameau, et dis-lui en berbère qu'il faut qu'il boive Palmeraie avec une paille!

*

Tard dans la nuit, toute l'équipe de tournage est réunie au café Francœur pour fêter le bouclage de la pub Palmeraie. Malgré la fatigue, l'atmosphère respire l'euphorie. Comédiens et techniciens entourent Mage d'une petite cour frondeuse et amicale.

– Moi, ce que je me demande, c'est ce qui se passe au montage. Parce que nous, on met en boîte. On n'a qu'une idée vague des impératifs de minutage. Le spot doit faire mettons quarante-cinq secondes. Vous vous rendez compte?

– Non, impossible d'imaginer ça quand on tourne.

– Les chefs-d'œuvre du cinéma sont nés sur la table de montage! profère Mage en levant un doigt.

– Ce qui est certain, c'est que la pub, c'est le sommet du cinéma. A tous points de vue : technique, artistique, psychologique.

– Oui, c'est vrai. Moi à la télé, je ne regarde que les pubs. Tout le reste fait ringard en comparaison.

– Moi aussi. J'ai un magnétoscope, c'est uniquement pour copier des pubs. Certains soirs avant de me coucher, je m'en paie une énorme tranche.

Mage s'épanouit, hilare, en entendant ces propos.

– Mais qu'est-ce qu'ils sont gentils, les gars de mon équipe! C'est pour me flatter que vous dites ça, hein? Parce que moi, vous savez qui je suis? L'Eisenstein de la publicité!

– L'autre jour tu disais : l'Orson Welles de la publicité.

– Pourquoi pas? Et demain je dirai : l'Abel Gance de la publicité.

150

– Il est inouï, ce gars! Il y en a vraiment que pour lui. Mais nous, alors, qu'est-ce qu'on est? On n'existe pas? Tu la fais tout seul ta publicité?

– Mais non, mais non, concède Mage. L'œuvre cinématographique est, comme la cathédrale gothique, une œuvre d'équipe, a écrit Hegel. Toutefois... toutefois... à toute équipe il faut un cerveau!

Les huées qui saluèrent ces propos furent interrompues par l'arrivée d'un petit homme à cheveux gris, le régisseur, toujours retenu par des questions d'intendance. Il se pencha vers Mage.

– Dites, patron, c'est rapport au chameau. Qu'est-ce qu'on en fait du chameau? Il est attaché dans la cour du studio.

– Le chameau? Quel chameau?

Pour Mage, Palmeraie, et tout ce qui s'y rattachait, appartenait déjà à un passé révolu.

– Ben celui de la pub. Le chameau Palmeraie. Qu'est-ce qu'on en fait?

– Comment, qu'est-ce qu'on en fait? Mais on le rend à son propriétaire. On l'a loué pour la durée du tournage, non?

– Mais pas du tout. Le patron du cirque, il a jamais voulu le louer, son chameau. Non, non, il nous l'a vendu bel et bien. Je vous en avais parlé. Trop heureux de s'en débarrasser. Vous pensez, une bête âgée, fourbue, crevarde.

– Alors, s'effare Mage, le propriétaire, c'est nous?

– Exactement, précise le régisseur impitoyable, c'est votre chameau. Qu'est-ce qu'on en fait?

– En somme, intervient un assistant, c'est comme les travailleurs immigrés. On croyait les avoir loués et pouvoir les renvoyer chez eux quand on n'en aurait plus besoin, et puis on s'aperçoit qu'on les a achetés et qu'on doit les garder en France.

Mage réfléchissait, mais selon son habitude, sa réflexion dérapait dans un sens imprévu.

– Avant toute chose, dit-il, je voudrais qu'on s'entende sur un point de vocabulaire. S'agit-il d'un chameau ou d'un dromadaire?

– Il n'a qu'une bosse, dit la script. Donc c'est un chameau.

– Justement pas : le chameau a deux bosses. Cette bête n'en a qu'une, c'est donc un dromadaire.

– Non, c'est un chameau, intervint le cameraman.

– Un dromadaire, insista Mage. *Cha* veut dire « deux », *meau* « bosse ». *Chameau* : « deux bosses ».

– Pas du tout, c'est le contraire. *Dro* veut dire « deux », *madaire* « bosse ». Les îles Madères forment comme des bosses à la surface de la mer. Donc *dromadaire* : « deux bosses ».

Mage frappa sur la table.

– Taisez-vous tous! Le seul ici qui sait de quoi nous parlons reste muet et silencieux au bout de la table. Idriss, mon enfant, tu es le chamelier ou le dromadairier de notre équipe. Alors tu prends la bête et tu l'emmènes...

Idriss était déjà debout.

– Je l'emmène où?

– C'est vrai ça, où veux-tu qu'il l'emmène ton chameau?

– Ah zut, gémit Mage. La journée est finie, non? Apportez-moi un annuaire de téléphone.

Après quelques va-et-vient, il se trouva un annuaire de téléphone. Mage ayant changé de lunettes et mouillé son pouce, commença à le feuilleter.

– A B C, Abécédère, Abadie, Abat-jour, Abat-jour, Abat-jour... C'est incroyable ce qu'il peut y avoir comme fabriques d'abat-jour à Paris! Paris, capitale de l'abat-jour. C'est la faute à Paul Géraldy :

> Baisse un peu l'abat-jour, veux-tu?
> C'est dans l'ombre que les cœurs causent,
> Et l'on voit beaucoup mieux les yeux
> Quand on voit un peu moins les choses...

152

Ah voilà ce que je cherche : abattoir, abattoir. Ça, ce n'est plus du Paul Géraldy, mais alors là plus du tout! Tiens, il y en a un pas tellement loin d'ici : Abattoirs hippophagiques de Vaugirard, 106 rue Brancion, XV<sup>e</sup> arrondissement. Voilà pour le chameau!

Idriss allait partir.

– C'est pas si pressé, reste encore avec nous, chamelier de mon cœur!

*

La nuit était encore noire quand Idriss sortit de la cour des studios Francœur en tirant au bout d'une corde l'ombre hautaine et misérable du chameau de Palmeraie. Sa mémoire avait enregistré les renseignements assez confus qu'on lui avait prodigués pour trouver les abattoirs hippophagiques de Vaugirard. Il en avait conclu en tout cas qu'il devait traverser tout Paris du nord au sud. La distance ne l'effrayait pas, et il avait l'éternité devant lui. Mais un chameau n'est pas une bicyclette. La silhouette ridicule et navrée surgissant dans l'aube grise et pluvieuse de Paris ébahissait les passants et agaçait les sergents de ville. Dès le début, l'un d'eux enjoignit à Idriss de quitter le trottoir et de marcher sur la chaussée, le long des voitures en stationnement. Mais les camions de livraison rangés en deuxième file constituaient de dangereux obstacles. L'un d'eux avait un chargement de légumes. Idriss constata avec frayeur que le chameau avait cueilli au passage un chou-fleur, et portait bien haut sa prise au risque d'ameuter les maraîchers. Il préféra s'arrêter, et le laisser manger son chou-fleur dans le caniveau, ce qu'il fit très lentement avec des blatèrements de satisfaction. Puis ils repartirent. Les coussinets mous du chameau glissaient sur les pavés gras. Une pluie fine emperlait son poil. Pourtant Idriss se sentait étrangement conforté par cette présence géante et maladroite. Il songeait aux regs de Tabelbala, aux sables de Béni Abbès. Contournant les voitures, arrêté aux feux rouges, s'engageant dans les passages souterrains, il entendait chanter en lui la chanson de Zett Zobeida :

> *La libellule vibre sur l'eau*
> *Le criquet grince sur la pierre*
> *La libellule vibre et ne chante parole*
> *Le criquet grince et ne dit mot*
> *Mais l'aile de la libellule est un libelle*
> *Mais l'aile du criquet est un écrit*
> *Et ce libelle déjoue la ruse de la mort*
> *Et cet écrit dévoile le secret de la vie.*

Ils arrivèrent devant un haut mur derrière lequel on devinait des arbres. Après cette nuit de lumières électriques et de fumée de cigarettes, Idriss aurait aimé se reposer dans un jardin. Il trouva un vaste portail ouvert. Il entra. Ce n'était pas vraiment un jardin, malgré la verdure. C'était le cimetière de Montmartre. A cette heure, il était désert. A côté de chapelles tarabiscotées, certaines tombes avaient la forme de simples blocs rectangulaires. Idriss se coucha sur l'une d'elles, et aussitôt s'endormit. Combien de temps dura son sommeil ? Très peu sans doute, mais il le transporta dans l'autre cimetière, celui d'Oran, où Lala Ramirez l'avait entraîné. La vieille femme était là, et elle l'apostrophait rudement en brandissant son poing au bout de son bras maigre. Elle l'apostrophait en français et avec une voix d'homme, et finalement elle le secoua par l'épaule. Un homme moustachu et coiffé d'une casquette à visière vernie se penchait sur Idriss, et il lui ordonnait sans douceur d'avoir à déguerpir avec son chameau. Idriss s'assit sur la pierre tombale. Ce fut pour voir le chameau dévaster une tombe voisine fraîchement fleurie. Ayant enfin trouvé une couronne mortuaire à son goût, il entreprit de l'effeuiller avec une lenteur méthodique. L'homme à casquette s'étranglait, parlait de violation de sépulture, et invoquait en professionnel l'article 360 du Code pénal. Il fallut se lever, arracher le chameau à ses chrysanthèmes, et chercher une issue dans un labyrinthe de monuments funéraires. Ils traversèrent une place, un marché, une gare d'autobus. Jamais Idriss ne s'était aventuré aussi loin de Barbès. À aucun moment pourtant, l'idée ne lui vint de planter là le chameau et de rentrer au foyer de la rue Myrha. Il se sentait en quelque sorte solidaire de cette bête. Elle l'obligeait à cette déambulation sinistre et ridicule, mais elle avait valeur de devoir pour le nomade saharien qu'il demeurait. Il était clair d'ailleurs que les passants affectaient de plus en plus de ne pas le remarquer à mesure qu'il quittait les zones populaires pour aborder les quartiers chics. Dès la gare Saint-Lazare, mais plus encore place de la Madeleine et rue Royale, plus personne ne parut voir son étrange équipage dans la foule pressée du petit matin. Après la périlleuse traversée de la place de la Concorde, il céda à la tentation de descendre sur la berge de la Seine pour échapper à l'enfer de la circulation. Des lambeaux de brouillards flottaient sur les eaux noires. Sous le pont Alexandre III des clochards, qui se pressaient autour d'un petit feu d'ordures, l'interpellèrent joyeusement en brandissant des litrons vides. Une femme, qui disposait du linge à sécher sur une péniche, s'interrompit et appela un enfant pour lui montrer le chameau. Un chien se précipita vers lui en aboyant. A nouveau, parce que le tissu des relations sociales se desserrait, il redevenait visible. Il côtoya les bateaux-mouches, remonta sur le quai, s'engagea sur le pont de l'Alma en direction de la tour Eiffel, passa sous son ventre, la tête levée, le regard perdu dans l'enchevêtrement des poutrelles. Le chameau, que rien n'avait pu émouvoir jusque-là, fit un brusque écart en poussant un grognement rauque devant un vieil homme qui tenait au bout d'un bâton une grappe de ballons multicolores. Ils trouvèrent enfin la rue de Vaugirard dont le nom sonna aux oreilles d'Idriss comme la clef du dédale où ils erraient depuis plusieurs heures. On lui avait dit en effet : rue de Vaugirard, et ensuite rue Brancion, et dans cette rue-là, au numéro 106, l'abattoir des chevaux. Il cheminait rue des Morillons, quand il fut surpris par un troupeau de vaches. Le crépitement de leurs sabots sur le macadam, leurs meuglements sourds, et sourtout l'odeur de fumier qui les enveloppait étaient aussi surprenants en ces lieux que la présence du chameau de Palmeraie. Il semblait d'ailleurs que le chameau était sensible à la présence animale du troupeau de vaches, car il tressaillit, se rassembla et, doublant Idriss, se lança dans un petit trot dégingandé pour les rejoindre. Ils arrivèrent ainsi devant le portail du 40 rue des Morillons surmonté d'une tête de bœuf en métal doré. En effet si les chevaux entrent dans ces lieux de mort par la rue Brancion, c'est par la rue des Morillons que les bovins vont en enfer. Un enfer au demeurant d'aspect tout d'abord familier et même rassurant. Car Idriss se retrouva dans de vastes étables de bois et de paille, chaudes, fleurant bon le foin et la bouse, avec leur douce atmosphère de meuglements paisibles, de soupirs et de remuements ensommeillés. Il y avait, il est vrai, à l'autre bout des stalles, une petite porte par laquelle les vaches sortaient calmement l'une après l'autre sans se bousculer, comme pour aller à la traite ou à la pâture. Cette porte donnait sur une passerelle en pente, montant jusqu'à l'ouverture à guillotine d'une immense salle. Sur la passerelle, les vaches attendent, la tête posée sur la croupe de celle qui précède, pleines de confiante résignation. On dirait de braves ménagères faisant la queue, leur panier à la main, à la porte d'un magasin. La guillotine se lève. La

156

première vache s'avance. La guillotine retombe derrière elle. Elle se trouve emprisonnée dans un cadre à quelque hauteur du sol. Le tueur attend que la tête plaintive se place en position convenable. Il applique son matador au milieu du front, entre les gros yeux inquiets qui se lèvent vers lui. Un claquement sec. La bête s'effondre sur les genoux. Le panneau gauche du cadre s'efface, et le grand corps, secoué de spasmes, bascule sur la grille du sol. L'égorgeur se baisse et tranche la carotide. Puis il attache la patte arrière droite de l'animal à une chaîne qui descend d'un rail aérien. La chaîne se tend, et le corps est soulevé par une patte, comme un lapin qu'un chasseur géant brandirait à bout de bras. Le corps glisse sur le rail, tandis qu'une fontaine vermeille arrose la grille. La patte arrière gauche bat l'air convulsivement. Le corps chaud et pantelant va rejoindre d'autres corps semblables qui peuplent la halle de suspensions énormes et funèbres. Des hommes coiffés, enveloppés et bottés de ciré blanc, les attaquent au tranchoir et à la scie électrique. Les peaux arrachées dévoilent d'immenses lustres qui brillent de leurs muscles rutilants et de leurs muqueuses diaprées. Des viscères fumants mauves et verts croulent dans des baquets. Un employé chasse au jet d'eau des débris organiques et une sanie marron qui refluent sur le sol vers les grilles d'évacuation. Il s'arrête soudain estomaqué. La haute silhouette du chameau vient d'apparaître dans le cadre du portail ouvert. Il appelle un collègue.

– Eh dis donc! Viens voir ça! Ben ça alors! On aura tout vu ici : un bédouin avec son chameau. Alors là, on peut vraiment dire, y a plus de France!

Ils sont bientôt trois ou quatre équarrisseurs qui tournent en rigolant autour d'Idriss et de sa bête.

– Alors comme ça, tu nous amènes un chameau pour qu'on le transforme en biftèques? Tu doutes de rien, mon gars!

– T'as déjà abattu un chameau toi?

– Moi? Tu me prends pour quoi? Et tu vois le boucher qui achèterait ça?

Le tueur est descendu de son estrade et s'adresse à Idriss.

– Moi, y en a tuer les vaches et les chevaux. Moi, y en a pas savoir tuer les rhinocéros. Où c'est-y qu'on tape pour tuer un chameau? Sur sa bosse?

– Tiens, un bon conseil : ramène-le en Afrique, son pays qu'il aurait jamais dû quitter.

– Ou alors laisse-le au Bureau des objets trouvés, c'est à deux pas d'ici, rue des Morillons!

*

Idriss s'en va. Mais avant de partir, ce berger a le malheur de passer par la halle d'abattage des moutons. Il y en a une vingtaine, égorgés, pendus par une patte, et ils s'agitent, comme autant d'encensoirs, en projetant leur sang sur les murs et les gens, tragique et grotesque ballet aérien.

Il ne sait où aller avec son chameau. Toute la fatigue de la nuit lui tombe sur les épaules. Il enfile des rues au hasard, traverse des avenues, repasse la Seine. Il a l'intention vague de regagner le foyer de la rue Myrha, mais aucune idée de la direction à prendre. Ce qui l'attire, ce sont des arbres, de plus en plus nombreux, la masse lointaine encore d'une frondaison. Il a enfin le soulagement de marcher sur la terre molle dans une allée qui longe les grilles de somptueuses demeures. Le chameau évite de justesse un drôle de petit train bleu et vert dont la sonnette tintinnabule éperdument. Des enfants se pressent devant une porte à guichet. C'est le Jardin d'acclimatation. Idriss les suit, et, sans doute grâce au chameau, on le laisse entrer sans billet. Il erre un moment entre la volière des rapaces et la « Rivière enchantée ». Et c'est la surprise : un autre chameau est

158

là, une chamelle précisément, dont les petites oreilles rondes s'agitent en signe de bienvenue. Les deux bêtes se frottent flanc contre flanc. Leurs têtes moroses et dédaigneuses se rencontrent très haut dans le ciel, et leurs grosses lèvres pendantes se touchent. Idriss remarque sous un abri de chaume des ânes sellés et harnachés, et une mignonne charrette de bois verni à laquelle sont attelées deux chèvres. Des adolescents déguisés en Turcs – turbans, culotte de soie et babouches – s'affairent autour du chameau d'Idriss. On lui place une couverture brodée sur le dos, une têtière à grelots sur les oreilles, une muselière autour de la gueule. Des petits enfants se bousculent sur une sorte de grande échelle rouge, qui les met à bonne hauteur pour se jucher sur le dos du chameau.

Idriss s'éloigne, ivre de fatigue et de bonheur. Il côtoie le Palais des miroirs déformants, et s'observe gonflé comme un ballon, ou au contraire filiforme, ou coupé en deux au niveau de la ceinture. Il tire la langue à ces images grotesques de lui-même qui viennent s'ajouter à tant d'autres. Un concert de rires frais lui répond. Il voit son chameau pomponné qui passe majestueusement avec sur le dos une grappe de petites filles hurlant de joyeux saisissement. Le soleil déploie dans les feuillages des éventails de lumière. Il y a de la musique dans l'air.

Il y avait eu les vitrines du musée saharien de Béni Abbès. Mais en vérité depuis son arrivée à Paris, Idriss ne faisait qu'aller de vitrine en vitrine. Quand il traversait une rue, c'était presque toujours après s'être empli les yeux du décor d'une devanture pour aller voir celle du magasin d'en face qui lui faisait signe. Les boutiques du quartier Barbès débordent sur le trottoir et offrent aux mains des passants des casiers où s'entassent des chaussures, des sous-vêtements, des boîtes de conserve, des flacons de parfum. La vitrine signale un commerce d'un niveau plus relevé. Encore faut-il qu'elle ne se ramène pas à une simple fenêtre par laquelle on plonge dans l'intérieur du magasin avec son patron, sa caisse et le manège des clients. Non, une vitrine digne de ce nom est fermée par une cloison. Elle forme un lieu clos, à la fois totalement étalé aux regards, mais inaccessible aux mains, impénétrable et sans secret, un monde que l'on ne touche qu'avec les yeux, et cependant réel, nullement illusoire comme celui de la photographie ou de la télévision. Coffre-fort fragile et provocant, la vitrine appelle l'effraction.

Idriss n'en avait pas fini avec les vitrines. Venant du boulevard Bonne-Nouvelle, il s'était engagé ce soir-là dans la rue Saint-Denis, et il percevait, montant de partout, l'appel et l'odeur du sexe. Il se souvenait de Marseille et de la rue Thubaneau. Le contraste entre ces deux rues « chaudes » sautait cependant aux yeux. Ici les filles semblaient plus jeunes, elles étaient en tout cas moins corpulentes, et aucune n'avait le type africain. Mais c'était surtout par ses boutiques clignotantes et diaprées, par les lourdes tentures qui masquaient leur entrée que la rue Saint-Denis surclassait la rue Thubaneau en se donnant un air de luxe fiévreux et secret. *Sex shop. Live show. Peep show.* Les trois mots jaillissaient tour à tour en lettres lumineuses sur les façades. Leur triple grimace rouge promettait au jeune célibataire, condamné à la chasteté par sa solitude et sa misère, des assouvissements nerveux dans des gerbes d'images obscènes. Il passa devant trois boutiques, puis poussa le rideau qui fermait la porte de la quatrième.

Il se crut d'abord dans une librairie. Des livres aux couvertures criardes et aux titres énigmatiques couvraient les murs : *Ma femme est une lesbienne, Partie fine, Nuits X, Trois allumeuses pour un cigare, Têtes à queues, Amours, délices et orgasmes, La femme descend du singe, La face cachée de la lune.* Idriss déchiffrait péniblement ces mots qui n'évoquaient rien à son esprit. En revanche les photos des couvertures exhibaient un érotisme brutal et puéril qui faisait appel à l'abjection et au burlesque plus qu'à la beauté ou à la séduction. Il voyait bien pourtant ce qui désarmait la violence de ces images : plus les sexes étaient dévoilés dans tous les détails de leur anatomie, moins les visages apparaissaient. Dans nombre de photographies, ils demeuraient même tout à fait invisibles. Il y avait là comme une compensation. Il semblait que l'homme ou la femme en abandonnant à la photographie le bas de leur corps, parvenaient à lui dérober l'essentiel de leur personne. Peut-être ces étals de boucherie étaient-ils finalement moins compromettants dans leur anonymat que les portraits apparemment les plus discrets?

Les objets qui garnissaient les présentoirs et les rayons de la boutique n'éveillaient que peu d'échos dans l'imagination d'Idriss. Déjà la « lingerie fine » avec ses slips de dentelle, ses porte-jarretelles, ses bas résille et ses soutiens-gorge n'évoquaient que de maigres souvenirs dans sa mémoire, mais il resta entièrement perplexe devant les batteries de vibreurs japonais de tous calibres et les godemichés simples, striés, annelés, nodulés ou barbelés dont l'usage lui échappait. Une panoplie de fouets « sado-maso » en cuir de vache tressé qui se tordaient comme des serpents lui parut en comparaison plus familière, presque rassurante. Une poupée gonflable grandeur nature, aux formes élastiques et à laquelle ne manquait aucun des charmes de l'anatomie féminine se tenait raide, ronde et souriante au pied d'un petit escalier qui menait au peep-show. Idriss s'y engagea.

Un homme assis derrière un comptoir lui fournit de la monnaie en pièces de cinq francs, et lui désigna la porte de la cabine 6 dont la lampe rouge était éteinte. C'était une pièce minuscule, presque entièrement occupée par un vaste fauteuil de cuir placé face à une fenêtre masquée. Idriss s'assit et regarda autour de lui. Le sol, gluant de taches humides, était jonché de mouchoirs de papier froissés. Sur le mur de droite, une boîte métallique pourvue d'une fente portait cette inscription laconique : *2 × 5 francs = 300 secondes.* Idriss glissa dans la fente les deux pièces exigées. Aussitôt un voyant apparut avec le chiffre 300 qui commença à décroître seconde par seconde. En même temps, la lampe de la cabine s'éteignit, et l'écran qui aveuglait la fenêtre se releva. Un claquement de fouet retentit sur un fond de musique langoureuse. La scène baignait dans une lumière jaune. C'était un plateau qui tournait lentement, démultiplié par une série de miroirs, les fenêtres des autres cabines faites de glace sans tain, afin que les spectateurs ne puissent se voir les uns les autres. Une femme-lionne gisait sur le flanc en travers du plateau tournant. Elle secouait sa splendide crinière fauve avec un rictus amer. Elle avait les reins serrés dans une fourrure dorée qui laissait libres ses fesses et ses seins globuleux. Ces seins, elle les tenait à pleines mains, les regardait avec ardeur de ses yeux verts bridés, frottait sa joue à leurs tétons, les tendait d'un air suppliant vers l'une des fenêtres, comme une mère ses enfants à un hypothétique sauveur. Puis elle se tordit sur le sol, en proie à la douleur ou à la volupté, à une douleur voluptueuse, caressée pourtant par la musique sirupeuse, sous le regard aveugle des miroirs. C'est alors qu'un nouveau claquement de fouet déchira la musique. La lionne tressaillit. Sa grande bouche, cernée par son rictus, s'ouvrit pour exhaler un hurlement silencieux. Elle cambra ses reins et écarta ses cuisses pour faire bâiller sa vulve rasée de frais, sur laquelle les ongles rouges et pointus d'une de ses mains vinrent se crisper. Puis elle roula sur le ventre, et ses fesses s'animèrent d'une houle rythmée par la musique.

Le rideau de la fenêtre tomba et la lampe de la cabine se ralluma. Idriss se leva, tremblant de désir frustré.

\*

– Tu es fou de vouloir la rencontrer, lui avait dit Achour. Cette femme, c'est comme si elle n'existait pas!

– Mais elle existe, avait protesté Idriss. Elle était de l'autre côté de la vitre. Je pouvais lui parler comme je te parle!

– Elle existait pour tes yeux, mais pas pour tes mains. Ici tout est pour les yeux, rien pour les mains. Les vitrines, c'est comme le cinéma et la télévision, pour les yeux, seulement pour les yeux! C'est des choses que tu devrais comprendre. Le plus tôt serait le mieux!

Idriss n'avait pas encore compris ces choses, puisque, dès le lendemain matin, il retournait rue Saint-Denis. Il retrouva sans difficulté la sex-shop, mais ne prit pas garde à ce que l'annonce lumineuse du peep-show était éteinte. Il entra dans le magasin. Seule la poupée gonflable était là pour l'accueillir, toujours raide, ronde et souriante au pied du petit escalier. Il monta. Les portes de toutes les cabines étaient ouvertes. Dans l'une d'elles, on voyait de dos une femme de ménage qui maniait un balai avec une serpillière. Elle était vêtue d'une blouse grise dont sortaient ses jarrets nus, cordés de varices. Elle s'interrompit et se retourna pour évacuer un sac-poubelle rempli de mouchoirs de papier froissés. Elle aperçut Idriss.

– Qu'est-ce qu'il veut le petit jeune homme?

Elle avait des cheveux poivre et sel coupés très court sur un masque durci par l'absence de maquillage. Elle plissa les yeux pour tenter de mieux voir Idriss qui l'observait interdit. Ces yeux verts un peu bridés lui rappelaient quelque chose.

– Si c'est pour le peep, ça commence à cinq heures, ajouta-t-elle.

Et elle alla chercher dans la cabine son balai et son seau d'eau. En passant devant Idriss, elle dit encore :

– Ces hommes, c'est pas croyable ce qu'ils peuvent être sales! Ils en mettent partout. Sur le fauteuil, sur les murs, par terre! Il y en a même qui éclaboussent la fenêtre!

Et en disant ces derniers mots, sa grande bouche dessina le rictus amer de la lionne fouettée.

*Mamadou m'a dit*
*Mamadou m'a dit*
*On a pressé l' citron*
*On peut jeter la peau*
*Les citrons, c'est les négros*
*Tous les bronzés d'Afrique.*

Les idoles de la nouvelle génération ne s'appellent plus Idir le Berbère, ni Djamel Allam, ni Meksa, ni Ahmed Zahar, ni Amar Elachat. Ceux-là on les entend encore, et on les voit dans des scopitones usés à mort. Mais on ne les comprend plus. Les jeunes d'aujourd'hui se reconnaissent dans les rythmes et les imprécations de Béranger et de Renaud quand ils chantent – en français – le mal de vivre en marge, un pied dans le chômage, l'autre dans la délinquance.

*J' m'appelle Slimane et j'ai quinze ans*
*J' vis chez mes vieux à la Courneuve*
*J'ai mon C.A.P. d' délinquant*
*J' suis pas un nul, j'ai fait mes preuves*
*Dans la bande c'est moi qu' est le plus grand*
*Su' l' bras j'ai tatoué une couleuvre.*

Sans cesse gavé de pièces, l'appareil appelle les jeunes à une révolte sans espoir contre le complot des nantis. Les consommateurs, débarqués de la station de métro Barbès, se pressent au bar et restent sourds à l'incantation véhémente qui éclate dans leur dos. Assis seul à une table coincée près du bar, Idriss est plongé dans un recueil de bandes dessinées. L'ambiance du café se mêle vaguement aux aventures qu'il suit page par page. Les paroles inscrites dans les bulles se détachent silencieusement sur les dialogues, les appels et les exclamations qu'il entend autour de lui. Rêve-t-il? L'héroïne de cette histoire ressemble à la femme blonde de la Land Rover et aussi à la putain de Marseille. D'ailleurs elle roule dans la Land Rover, conduite par un homme au visage brutal, dans le reg de Tabelbala. Elle lui demande soudain de s'arrêter et de faire demi-tour. Elle a vu quelque chose qu'elle voudrait photographier. L'homme obéit de mauvais gré. La Land Rover fonce droit sur un troupeau de chèvres et de moutons qui entoure un jeune berger. Elle stoppe. La femme saute à terre. Ses cheveux platinés volent sur ses épaules. Elle montre ses bras et ses jambes nus. Elle tient un appareil de photo.

– Hé petit! s'écrie la bulle qui sort de sa bouche, ne bouge pas trop, je vais te photographier.

– Tu pourrais au moins lui demander son avis, grommelle la bulle de l'homme. Il y en a qui n'aiment pas ça.

– C'est bien à vous de le dire! remarque la bulle de la femme.

La voix de Renaud s'impose brutalement :

*Le soir on rôde sur les parkings*
*On cherch' un' BM pas trop ruinée*
*On l'emprunt' pour un' heure ou deux*
*On largu' la caiss' à Porte Dauphine*
*On va aux putes just' pour mater*
*Pour s'en souv'nir l' soir dans not' pieu.*

– Ne te fais pas d'illusion, ironise la bulle de l'homme, il regarde beaucoup plus la voiture que toi!

L'appareil de photo est dessiné en gros plan. Il cache aux trois quarts le visage de la femme. Une bulle sort du boîtier : « Clic-clac. » La photo est faite.

– Donne-moi la photo!

C'est le berger qui émet cette bulle en tendant la main vers la femme. Elle lui montre une carte qu'elle a sortie de la voiture. On la voit de près, tenue par les deux mains de la femme. C'est le nord du Sahara : Tabelbala, Béni Abbès, Béchar, Oran.

– Ta photo, on te l'enverra de Paris. Regarde, on est là, tu vois. A Oran, on prend le car-ferry. Vingt-cinq heures de mer. Marseille. Huit cents kilomètres d'autoroute. Paris. Et là, on fait développer et tirer ta photo.

> *J'ai mis une annonce dans Libé*
> *Pour m' trouver un' gonzess' sympa*
> *Qui boss'rait pour payer ma bouff'*
> *Vu qu' moi l' boulot pour que j'y touch'*
> *I' m' faudrait deux fois plus de doigts*
> *Comm' quoi, tu vois, c'est pas gagné!*

La voiture repart en soulevant un nuage de poussière. Mais la bande dessinée la suit, et le dialogue de l'homme et de la femme s'en échappe.

Lui : – Tu vois, tu l'as déçu. Et avoue que la photo, tu n'as pas du tout l'intention de la lui envoyer.

Elle : – Moi au moins, je ne vous ai jamais demandé les photos que vous faites de moi.

Lui : – Toi non. C'est pas pour toi que je les fais. Il y a des clients pour ça.

Elle : – C'était vraiment nécessaire d'aller en plein Sahara pour me photographier dans des dunes et des palmeraies?

Lui : – Faut ce qui faut. Ça parle à l'imagination de

certains hommes. Il y a des Français qui aiment les décors exotiques. Il y a des rois du pétrole qui aiment les femmes blondes. Je te photographie dans une oasis, et tout le monde est content.

Elle : – Tout le monde, sauf l'esclave blonde vendue sur photographie.

Lui : – L'esclave blonde s'accommode de son esclavage pourvu que ce soit un esclavage doré. Entre la cage confortable et la misère de la liberté, tu as choisi la cage, et tu ne t'en plains pas.

Elle : – Dans la vie, il n'y a pas que le confort. Et puis ces photos suggestives que vous faites de moi et que vous répandez, elles me compromettent plus que tout le reste. J'ai l'impression que je ne m'en débarrasserai jamais. C'est pire que si j'étais tatouée, parce que les tatouages au moins, on les garde avec soi, et on peut les cacher. Tandis que ces photos qui se baladent n'importe où, si par chance je rencontre un homme honnête et qui m'aime, j'aurai toujours peur qu'elles lui sautent à la figure un jour ou l'autre.

*Les colons sont partis avec dans leurs bagages*
*Quelques bateaux d'esclaves pour pas perdre la main*
*Quelques bateaux d'esclaves pour balayer les rues*
*Ils se ressemblent tous avec leur passe-montagne*
*Ils ont froid à la peau et encore plus au cœur.*

Idriss lève les yeux. Il n'est nullement surpris de voir accoudés au bar l'homme et la femme de la bande dessinée. Il les reconnaît, bien qu'ils ne soient pas habillés comme dans la Land Rover. C'est tout à fait normal qu'ils se trouvent là et qu'ils poursuivent leur discussion orageuse.

Lui : – En attendant, j'ai trouvé un amateur cousu d'or. Tes photos lui ont, comme tu dis si bien, sauté à la figure. Je vais lui téléphoner pour prendre rendez-vous. Garçon, un jeton, s'il vous plaît!

Elle : – Et si moi je demandais à voir des photos de ce client cousu d'or? Pour une fois, j'aimerais savoir un peu où je vais.

Lui : – Tu deviens folle, non? C'est pas toi qui paies, c'est lui. Donc c'est lui qui choisit sur photos. Faudrait tout de même pas renverser les rôles!

Elle : – Que vous le vouliez ou non, un jour je ferai mon choix. Et c'est pas sur photos que je le ferai. Ce sera en vrai, dans la vie.

Lui : – Ça, c'est pas demain la veille. Parce que faudra d'abord que tu me rembourses mes frais. Moi, j'ai investi, et j'ai pas l'intention de me laisser plumer. Ah, et puis ça suffit comme ça! Je vais téléphoner. Attends-moi ici.

Idriss ne sait pas s'il rêve ou s'il vit une scène réelle. La femme blonde de la Land Rover est seule, debout contre le bar. Son regard se tourne vers lui, mais il semble qu'elle ne le voit pas. Elle est myope, ou c'est lui qui est devenu transparent. Le juke-box hurle de plus belle :

*Pour un flic blessé, pour un flic tué*
*Branle-bas de combat, l'ordre est menacé*
*Alerte générale, obsèques nationales*
*Restaurons les valeurs, ça ne peut plus durer!*
*Je me penche, je dégueule*
*J'ai envie d' tout casser...*

Idriss s'est levé et s'approche de la femme. Il franchit un pas, il entre de plain-pied dans la bande dessinée. Il a toute l'audace d'un héros imaginaire.

– Tu me reconnais? C'est moi que tu as photographié à Tabelbala.

Elle ne comprend pas.

– Quoi? Qu'est-ce qu'il veut celui-là?

– C'est moi, Idriss de Tabelbala. Tu m'as dit : « Je t'enverrai ta photo. » Regarde, c'est écrit dans le journal.

Il lui montre la bande dessinée.

– Il est fou. Qu'est-ce que ça veut dire?

Elle jette un bref coup d'œil sur le magazine et regarde autour d'elle comme pour chercher du secours.

– Viens avec moi. L'homme est méchant. Il veut te vendre. Viens!

Elle recule contre le bar et renverse son verre. Des clients arrêtent leur conversation. Idriss tente de la prendre par le bras pour l'entraîner.

– Viens, on s'en va ensemble. L'homme te vend avec ses photos.

L'homme en question, retour de la cabine téléphonique, vole au secours de sa protégée.

– Qu'est-ce que c'est que ce bougnoule? Tu vas laisser madame tranquille? Tu veux mon poing sur la gueule?

Idriss a le temps de reconnaître le grand Zob qui intervient, tout auréolé de zèle chevaleresque:

– Oui, vous feriez bien de vous en occuper. Ça fait un bout de temps que je l'observe. Il cherche à embarquer madame.

Idriss continue à faire face.

– Toi tu es un salaud. Tu vends la dame avec des photos.

– Non mais, vous entendez ça? Ce melon qui se mêle de quoi?

Il envoie son poing dans la figure d'Idriss. La femme hurle à tout hasard. Idriss déséquilibré par un croc-en jambe du Zob s'écroule sur une table au milieu des consommateurs.

*

– Alors, lui dit Achour, on t'a emmené au commissariat?

– Oui, je sais pas comment, les flics étaient tout de

170

suite là. Je saignais du nez. Tout le monde criait en même temps. Surtout la femme.

– Dans ce quartier, les flics sont jamais loin. Mais qu'est-ce qui t'a pris bon Dieu!

– Alors au commissariat, on m'a posé des questions, et un flic tapait tout sur une machine. Mon nom, depuis quand j'étais en France, où j'habitais. On m'a fait souffler dans un petit ballon. On m'a fait poser les doigts pleins d'encre sur un carton. Et puis on m'a photographié de face et de profil.

– Une fois de plus!

– C'est pas ma faute moi, tout le monde me photographie.

– Avec ton nez en sang et ton œil au beurre noir. Une vraie tête d'assassin quoi! Et alors?

– Alors ils ont téléphoné ici au foyer. Ils ont eu Isidore. Dix minutes plus tard, il était là, et il a parlé aux flics, et ils m'ont laissé partir avec lui.

– Isidore, on peut toujours compter sur lui. Mais qu'est-ce qui t'a pris, bon Dieu!

– C'est la faute à la bande dessinée, et aussi à la musique qui gueulait dans le café, et à la femme blonde. Et au fond, je me demande si c'est pas le grand Zob qui a tout fait exprès!

Ils se taisent tous deux, assis sur la couchette de leur chambre, et regardent le sol, accablés par le destin.

Achour lui avait dit : « Pour le chantier, il te faut une cotte à bretelles. Tu trouveras ça chez Tati. Prends-la en coton bleu avec poche-bavette à fermeture éclair. » Idriss avait enregistré ces précisions et s'était rendu boulevard Rochechouart. Il s'aperçut vite cependant qu'il s'était fourvoyé chez Tati-femmes. Ignorant qu'une passerelle de verre permet d'accéder à Tati-hommes par-dessus la rue Belhomme, il se trompa encore, et, tournant à gauche sur le trottoir du boulevard Rochechouart, il entra dans le magasin de Tati-garçons. Une atmosphère de fraîcheur et d'innocence émanait de ces étalages de tabliers d'écolier, de chemisettes à carreaux et de survêtements fantaisie. Des garçonnets de cire aux yeux bleus étoilés de cils dorés, les bras écartés du corps en un geste de surprise maniérée, faisaient mine de jouer sur des pelouses de papier frisé, jonchées de ballons et de raquettes de tennis. Idriss fut arrêté par deux hommes qui discutaient en regardant l'un de ces mannequins.

– Et quand ils sont démodés ou hors d'usage, qu'est-ce que vous en faites ? Vous les jetez à la poubelle ?

Celui qui avait posé cette question d'un ton un peu agressif avait quelque chose d'un jeune coq avec sa crête de cheveux dressés, son nez pointu et ses yeux arrondis par une naïve indignation.

172

– Nous les remisons dans nos réserves en attendant de les revendre éventuellement à des magasins de nouveautés de province. J'ai régulièrement la visite de petits patrons de Mamers, d'Issoire ou de Castelnaudary qui viennent se fournir en fillettes, garçonnets, hommes ou femmes. Ça a même un côté « marché d'esclaves » qui ne manque pas de piquant.

L'homme parlait bien, avec régulièrement un sourire pincé qui soulignait l'ironie de son propos. Tout dans sa mise et le ton désinvolte qu'il affectait suggérait qu'il ne faisait ce métier de directeur de la décoration d'un grand magasin que comme un amusant passe-temps, tout à fait indigne d'être pris au sérieux et très inférieur au niveau de ses ambitions et de ses capacités. Il observait le jeune homme grave et passionné qui lui faisait face comme un curieux phénomène totalement saugrenu, mais d'autant plus divertissant.

– Mais, s'il vous plaît, en quoi ces mannequins vous intéressent-ils?

– Je les collectionne, répliqua l'autre avec conviction. Etienne Milan, photographe. J'habite à deux pas d'ici, rue de la Goutte-d'Or.

– Vous collectionnez les mannequins de vitrine?

– Pas n'importe lesquels.

– Les enfants?

– Les garçons. Et ceux des années soixante exclusivement.

Le directeur de la décoration ne put cette fois dissimuler sa stupéfaction. Il jeta un regard inquiet autour de lui, comme pour s'assurer que son milieu familier n'était pas bouleversé, et il se trouva nez à nez avec Idriss qui avait suivi malgré lui le dialogue.

– Mais enfin... pourquoi des années soixante?

– Parce que je suis né en 1950.

– En somme ces mannequins de garçons de dix ans...

– Oui, c'est moi.

Les yeux du directeur s'arrondirent et sa mâchoire inférieure sembla tomber. On a beau être d'origine sicilienne, s'appeler Giovanni Bonami, s'occuper de décoration commerciale et cultiver le style dandy-que-rien-ne-peut-étonner, la survenue d'un original de cette envergure parvient à vous désarçonner.

– Si nous allions dans vos réserves? enchaîna Milan.

Et, avisant Idriss toujours planté devant lui :

– Vous pourriez venir avec nous, j'aurai besoin d'un peu d'aide, lui dit-il.

Un ascenseur les fit plonger jusqu'au troisième sous-sol du magasin. Sous un plafond très bas, garni de tubes fluorescents qui répandaient une lumière à la fois dure et lunaire, la vision était saisissante d'étrangeté : un vaste et immobile ballet réunissait des centaines de personnages nus, figés dans des attitudes gracieuses et sophistiquées. La lisseur blême des corps allait jusqu'à la calvitie, et tous ces visages jeunes, souriants et fardés gagnaient encore en bizarrerie par le petit crâne parfaitement chauve et brillant qui les surmontait.

– Je trouve ça d'un érotisme suffocant, murmura Milan.

– Savez-vous, dit Bonami, que la préfecture de police nous a fait parvenir une recommandation impérative : celle de ne jamais procéder dans les vitrines à l'habillage ou au déshabillage des mannequins au vu des passants? Nos étalagistes ont ordre de travailler derrière un rideau. Il y a eu des plaintes, figurez-vous, déposées par des personnes offusquées par ce strip-tease d'un genre particulier. On se demande jusqu'où ira la pudibonderie!

– Ce n'est pas de la pudibonderie, répliqua Milan assez sèchement, c'est le simple respect dû aux mannequins.

Cette contestation qui se manifestait au cœur de son domaine personnel, celui de la décoration, irritait visiblement Bonami.

– Je pense que vous confondez à tort statue et mannequin, fit-il observer assez vivement. Leur relation au vêtement va dans un sens diamétralement opposé. Pour le sculpteur, le nu est premier. La statue est normalement nue. Si elle doit être habillée, le sculpteur la fera d'abord nue, ensuite il couvrira son corps de vêtements. La relation du mannequin au vêtement est inverse. Là, c'est le vêtement qui est premier. Le mannequin n'est qu'un sous-produit du vêtement. Il est comme sécrété par le vêtement. C'est dire sa disgrâce, lorsqu'il se trouve privé de vêtements. La statue, comme le corps humain, peut être nue. Le mannequin ne peut pas être nu, il ne peut être que déshabillé. Ce que vous voyez ici, ce ne sont pas des corps, ni même des images de corps. Ce sont des ectoplasmes de complets-veston, des fantômes de robes, des spectres de jupes, des larves de pyjamas. Oui, des larves, c'est sans doute le mot qui convient le mieux.

Milan ne paraissait accorder qu'une médiocre attention aux théories développées par Bonami. Il inspectait rapidement la population figée et extravagante qui l'entourait. Du coup le décorateur se tourna vers Idriss, et entreprit de l'interroger gentiment sur ses origines, son travail, son lieu de domicile.

– Si vous êtes disponible, lui dit-il, j'aurai peut-être un travail à vous proposer.

Et entraîné par son tour d'esprit délibérément désinvolte, il ne put se retenir d'ajouter :

– Il s'agit même d'une expérience paradoxale, émouvante, assez unique en son genre.

Idriss le regardait avec la plus totale incompréhension.

– Voici ce dont il s'agit. La grande majorité de notre

clientèle est africaine et singulièrement maghrébine. Alors l'idée m'est venue de faire faire des mannequins de vitrine du type maghrébin, si vous voyez ce que je veux dire. Il existe un atelier à Pantin où sont moulés des modèles vivants – visage et corps. A partir de là, on peut fabriquer autant de mannequins de polyester que l'on veut. Je pense que vous pourriez servir de modèle. C'est assez bien payé. Revenez me voir, si le cœur vous en dit. Mais ne tardez pas trop, c'est pour très bientôt.

– Ces deux-là, croyez-vous que je pourrais les emporter?

Milan désignait deux corps jetés l'un sur l'autre au pied du mur.

– Vous alors, vous avez vraiment le sens de la charité! Ces deux pauvres enfants étaient voués à la casse. Les voilà sauvés!

– Je n'en vois pas d'autres qui m'intéressent.

Bonami s'était mis en devoir de dégager les mannequins, et il les tirait sans précaution par les bras et les jambes. Milan se jeta sur lui.

– Arrêtez! Vous leur faites mal. Laissez-moi faire.

Il s'agenouilla avec douceur comme auprès de grands blessés, souleva l'une des têtes qu'il fit reposer sur son avant-bras, glissa l'autre main sous la taille du mannequin, et se releva, le regard tendrement abaissé sur le corps désarticulé. Le spectacle de tant d'attention recueillie avait réduit Bonami au silence. Milan se tourna vers Idriss et lui mit le petit garçon dans les bras. Puis il se baissa vers le second mannequin.

– Combien en voulez-vous? demanda-t-il ensuite à Bonami.

– Oh ceux-là, je vous les donne! C'est du rebut.

– Oui, ils ont beaucoup souffert. Je vais leur remettre des cils et des cheveux. Repeindre leurs joues et leurs lèvres. Et leurs vêtements! Tout un trousseau à rassembler! soupira-t-il avec bonheur en imaginant de

176

longues heures de calmes travaux sur ses nouveaux enfants.

Les Parisiens ont beau avoir la réputation de ne s'étonner de rien, ces deux hommes marchant avec componction en berçant dans leurs bras chacun un garçon loqueteux et défiguré dont les jambes se balançaient dans le vide, ne passèrent pas toujours inaperçus, lorsqu'ils remontèrent puis traversèrent le boulevard Barbès pour prendre la rue de la Goutte-d'Or. Pour certains la surprise s'aggravait d'un doute : s'agissait-il d'enfants blessés, de cadavres ou de mannequins? Des gens se retournaient choqués, d'autres riaient. Idriss pensait à son chameau et à sa traversée de Paris à la recherche d'un abattoir. Cette fois ce fut plus bref. Milan s'était arrêté devant un immeuble délabré, provisoirement étayé par des poutres.

– C'est ici, dit-il en poussant le portail avec son genou.

Ils montèrent deux étages dans un escalier obscur dont la rampe de fer forgé témoignait d'un passé meilleur. Sur la porte, une affiche célébrait gaiement le Guignol du jardin du Luxembourg. La pièce où ils entrèrent sentait la colle et le vernis. Une planche posée sur deux tréteaux faisait office d'établi ou de table d'opération. Elle était d'ailleurs occupée par une grande poupée de bois articulé, et jonchée de pinceaux, spatules, tubes, grattoirs et flacons. Milan s'agenouilla pour déposer son fardeau sur un lit de camp. Puis il débarrassa Idriss de l'autre mannequin qu'il déposa à côté du premier. Il se releva et s'accorda un moment de contemplation attendrie.

– On dirait deux frères jumeaux, prononça-t-il rêveur. A cet âge-là, j'en avais deux dans ma classe. Ils passaient leur temps à se faire prendre l'un pour l'autre. Séparément, c'était un garçon tout à fait normal, ordinaire. Et tout à coup l'anomalie surgissait : on voyait double. Leur absolue ressemblance donnait le vertige, avec quelque chose de comique en plus. Tout à fait comme les mannequins : angoisse et drôlerie mélangées. D'ailleurs mannequins et jumeaux sont proches parents, puisqu'un mannequin évoque forcément un procédé de fabrication permettant une reproduction en série du même modèle.

Ils firent quelques pas.

– Je n'ai que deux pièces : ici, l'atelier. A côté, ma chambre.

Il souleva le rideau qui séparait les deux pièces, et il s'effaça devant Idriss, comme pour lui laisser subir seul le choc. La pièce évoquait une scène de massacre, ou encore le garde-manger de l'Ogre. On distinguait certes une petite couchette enfoncée dans un coin avec une lampe de chevet. Mais des piles de torses, des faisceaux de bras, des fagots de jambes soigneusement rangés contre les murs faisaient penser à un charnier d'un genre particulier, très propre, très sec, rendu plus ambigu encore par une ribambelle de têtes souriantes aux joues roses disposées sur des étagères.

– Vous pouvez dormir là ? s'étonna Idriss.

Milan ne répondait pas, pris tout entier par la présence de ses petits hommes en morceaux. Il souleva un torse, et frappa du doigt sur sa surface lisse.

– Tu entends ? Ça sonne creux. C'est une coque de plâtre. J'aime le plâtre. C'est une matière friable, poreuse, sensible à la moindre humidité, fragile, mais facile à produire, à maquiller, à magnifier. Mon bonheur serait de vivre dans un monde en plâtre. Alors que le nu des peintres et des sculpteurs renvoie à l'anatomie, à la physiologie, on sait d'avance que le mannequin est vide. On ne dissèque pas un mannequin. L'enfant qui ouvre son baigneur pour voir ce qu'il y a dedans est un niais, ou un sadique en herbe. Il sera déçu en ne trouvant rien. Le mannequin n'a pas d'intériorité. C'est un personnage totalement superficiel, dépourvu des secrets plus ou moins répugnants qui se cachent sous la peau des vivants. L'idéal, quoi!

Ils revinrent dans la première pièce.

– Mais qu'est-ce que vous faites avec tous ces mannequins?

– Ce que j'en fais? Après tout je pourrais me contenter de vivre avec eux. Que font les collectionneurs de leur collection? Ils s'en entourent, manipulent leurs pièces, les époussètent. Moi je soigne mes petits hommes. Quelquefois j'en fabrique un en assemblant bras, jambes et tête sur un torse. Cela peut donner des disproportions émouvantes. Ce sont des grands moments. La paternité... D'ailleurs je ne suis pas seul. J'ai des correspondants qui partagent ma passion. Enfin... plus ou moins. La plupart ne s'intéressent qu'aux femmes, dans les meilleurs cas aux petites filles. Nous nous écrivons. Nous échangeons parfois nos trouvailles. Mais ils manquent de flair. Ils m'annoncent une merveille, je me précipite, et ce n'est rien du tout. Moi seul, je sais! En été, nous descendons en Provence. Mes parents habitent toujours dans le Lubéron. Ils prennent en pension des enfants fragiles, ayant besoin d'une surveillance médicale. C'est là que tout a commencé pour moi quand j'avais l'âge sacré. Ayant vieilli, j'ai été rejeté dans les ténèbres extérieures. J'ai installé une borie à proximité pour mes petits hommes. Le voyage se fait en voiture. Ma 2 CV déborde de mannequins, ceux que j'ai recueillis et réparés au cours de l'hiver. Nous roulons lentement. Nous faisons plusieurs étapes. Nous avons un certain succès, je te jure! Ce qui épate les gens, c'est que je sois moi-même en chair et en os. Ils s'attendraient à ce que la voiture soit conduite par un mannequin. Au fond ils ont raison. Je devrais être un mannequin, moi aussi. Ça me rapprocherait d'eux. L'arrivée en Provence est merveilleuse. Les petits hommes que j'amène viennent du nord de la France. Je leur montre les oliveraies, les champs de lavande. J'observe sur leurs visages peints leur joyeux étonnement. Quand nous arrivons chez mes parents, leurs jeunes pensionnaires nous entourent. Ils observent mes compagnons de voyage avec curiosité. La plupart ne comprennent pas. Ils ont peur. Mais j'en remarque toujours un ou deux qui entreront dans mon jeu. D'ailleurs je les repère facilement : ce sont ceux qui ressemblent à mes petits mannequins. Il y a des joues rondes, des yeux en amande, des cheveux blonds soigneusement peignés avec une raie sur le côté, quelque chose de surhumain, d'inhumain qui ne trompe pas. Ceux-là prendront place dans ma troupe, ils se mêleront indistinctement à mes petits hommes... Dès les jours suivants, la fête commence. Elle durera tout l'été. Nous prenons possession de la garrigue, des collines calcaires hérissées de chênes verts. Nous jouons au ballon, au volant, à colin-maillard. Nous faisons des pique-niques. Pour la sieste, pendant les heures les plus chaudes, je dispose un parterre de coussins sous un péplum. Le 13 juillet au soir, il y a feu d'artifice, bal musette, souper aux chandelles. C'est le bonheur, les grandes vacances. D'ailleurs c'est le titre d'un livre de photographies que je prépare. Parce que toutes ces fêtes avec mes petits hommes, je les photographie en couleurs.

– Vous les photographiez !

Idriss n'avait pu retenir cette exclamation.

– Oui, bien sûr, c'est une tradition. On photographie toujours les grands moments, baptêmes, communions, mariages, départs au régiment. Je compose des tableaux avec mes petits hommes, auxquels je mêle par jeu un ou deux garçons vivants. La fête, qui est d'abord locale et éphémère, devient par la photographie universelle et éternelle. C'est une consécration.

– Vous photographiez des mannequins ! répéta Idriss qui sentait tout ce que cette opération avait de subtilement maléfique.

– Oui, mais avec un morceau de paysage, du vrai paysage, des vrais arbres, des vrais rochers. Et alors, vois-tu, il y a comme une contamination réciproque entre mes garçons-poupées et le paysage. La réalité du paysage donne aux mannequins une vie beaucoup plus intense que ne peut le faire un décor de vitrine. Mais c'est surtout l'inverse qui importe : mes mannequins jettent le doute sur le paysage. Grâce à eux, les arbres sont un peu – pas complètement, un peu seulement – en papier, les rochers en carton, le ciel n'est en partie qu'une toile de fond. Quant aux mannequins, étant eux-mêmes déjà des images, leur photo est une image d'image, ce qui a pour effet de doubler leur pouvoir dissolvant. Il en résulte une impression de rêve éveillé, d'hallucination vraie. C'est absolument la réalité sapée à sa base par l'image.

Idriss n'écoutait plus depuis longtemps.

– Si vous n'avez plus besoin de moi, dit-il, je vais retourner chez Tati. Il me faut une cotte de travail.

– Si tu veux, tu peux rester déjeuner avec moi, mais je dois te dire que je suis végétarien.

– C'est quoi végétarien ?

– Je ne mange ni viande, ni poisson.

– Chez nous à Tabelbala, on ne mange que des légumes.

– Oui, mais c'est par nécessité. Moi, c'est mon choix. La viande, c'est l'homme, le poisson, c'est la femme, deux choses que j'ai éliminées de ma vie.

Plus tard il revint à leur rencontre et aux propositions que Bonami avait faites à Idriss.

– Il veut me faire mouler pour fabriquer des mannequins africains. C'est pour ses vitrines, expliqua Idriss.

– Il t'a proposé ça ?

Milan le regardait comme effrayé et émerveillé.

– Oui, oui, mais c'est pas sûr que j'y aille !

– Il faut y aller, tu m'entends, il faut absolument y aller! C'est une expérience prodigieuse.

– Allez-y vous-même si ça vous paraît si intéressant!

– D'abord moi, je n'ai pas le type maghrébin. Tu as vu, nous étions là tous les deux. C'est toi qu'il veut. Et puis pour moi, c'est trop tard. Il aurait fallu faire ça il y a quinze ans. Seulement à dix ans, j'étais un petit paysan du Lubéron, et non seulement on ne me moulait pas, mais les rares photos qu'on a prises de moi à cette époque sont lamentables. Ma pauvreté ne m'a donné qu'une compensation. Ma mère ne jetait rien. Quand j'avais usé un pantalon ou une chemise, elle les mettait de côté pour je ne sais quel usage hypothétique. Et ainsi j'ai trouvé dans notre grenier une malle entière de vêtements d'enfant des années soixante. C'est mon trésor. Je ne le sors pour habiller certains petits hommes privilégiés qu'exceptionnellement, dans des grandes, des très grandes occasions.

Idriss ne se souciait pas d'apprendre en quoi consistaient ces grandes occasions. Il mangeait du riz à la tomate et de la purée d'oignon en essayant d'imaginer où allait le mener cette histoire de moulage à laquelle il sentait qu'il n'échapperait pas. Il se voyait multiplié par dix, par cent, réduit à une infinité de poupées de cire figées dans des poses ridicules sous les yeux de la foule massée devant les vitrines de Tati. Comment se ferait la métamorphose, il n'en savait encore rien.

– Il faut y aller! lui répéta Milan avant de le laisser partir en lui frappant l'épaule avec un sourire encourageant. Et surtout reviens me raconter ça!

Il y alla. Bonami le cueillit un matin en voiture sur le trottoir du boulevard de la Chapelle où il lui avait donné rendez-vous, et prit la direction de l'avenue Jean-Jaurès. C'était à Pantin en effet que se trouvaient les laboratoires de la société Glyptoplastique installée dans les locaux des anciens ateliers de céroplastique du docteur Charles-Louis Auzoux. Le célèbre anatomiste de Saint-Aubin y avait, plus d'un siècle auparavant, créé une étrange manufacture qui répandait dans toutes les facultés de médecine de France et du monde des écorchés de cire entièrement démontables, dont tous les organes internes, scrupuleusement reproduits jusque dans leur couleur, pouvaient être extraits et manipulés par les étudiants. Au lendemain de la guerre, la « Glypto » avait modernisé ces techniques et étendu leur champ d'application. Elle fournissait le musée Grévin, les sociétés de production de cinéma, les décorateurs, les illusionnistes et même certaines entreprises de pompes funèbres qui pouvaient ainsi proposer à leur clientèle un moulage en pied du cher disparu.

Les locaux de la Glypto offraient au visiteur un échantillonnage assez désordonné, aussi bien de ce passé prestigieux que de ces productions nouvelles. Datant du docteur Auzoux, il y avait, accrochés aux murs comme des trophées de chasse, une paire de poumons vermeils réunis par leur trachée artère, un foie d'un brun métallique avec sa veine porte, sa veine hépatique et ses vaisseaux lymphatiques, et, on ne savait pourquoi, une planche sur laquelle pointaient huit nez roses avec écrite en belles rondes leur caractéristique respective : droit (grec), épaté (race noire), busqué (race rouge), tombant, camard, aquilin, bourbonien et retroussé. Les besoins d'un film, dont certaines séquences se situaient dans une léproserie, expliquaient la présence d'un assortiment de masques souples pustuleux, de fausses mains aux doigts rongés, et d'un plastron imitant un torse de femme aux seins dévorés par un chancre purulent. Mais il y avait aussi des bustes aux visages souriants et aux dents éclatantes pour les vitrines des coiffeurs, une danseuse aux formes charnues voilées par un tutu poussiéreux, et, rescapés d'une mise à jour du musée Grévin, un Vincent Auriol, président de la République, et un Edouard Herriot, secrétaire du Parti radical. Dans une salle voisine, un jeune sculpteur, entouré par toute l'équipe de la Glypto, enveloppait de bandelettes pour l'emporter dans sa camionnette, un Christ grandeur nature qu'on venait de démouler. Ne sachant que souder ensemble des boîtes de conserve pour former des compositions abstraites, il avait été pris au dépourvu par la commande d'un Christ en croix de cent quatre-vingts centimètres destiné à une église récemment restaurée. Pour ne pas manquer la commande, il s'était adressé à la Glypto, et, par mesure d'économie, il avait décidé de servir lui-même de modèle, de telle sorte que c'était son propre moulage qu'il s'apprêtait à crucifier.

– On ne saurait pousser plus loin la conscience professionnelle, expliquait-il aux autres en emballant son double, mais si j'avais une quelconque vocation mystique, je ne sais pas jusqu'où ce genre de plaisanterie pourrait me mener.

L'arrivée de Bonami et d'Idriss fit diversion. On les conduisit au laboratoire de moulage. La cellule de moulage ressemblait à une étroite cabine téléphonique de plexiglas. C'était là-dedans que l'avant-veille le sculpteur avait été mis en croix avant d'être noyé dans la pâte. Une échelle de meunier permettait d'accéder à l'étage supérieur. Dans une cuve électriquement chauffée, 700 litres d'alginate – une substance glaireuse formée au contact de l'eau par le mucilage de certaines algues brunes – étaient maintenus à la température de 25 degrés. Une vanne communiquant par une ouverture du plancher avec le rez-de-chaussée, permettait de les déverser dans la cellule de moulage. Deux autres cuves étaient prêtes à l'usage. Dans l'une, 60 litres (l'équivalent en poids d'Idriss) de résine de polyester additionnée à 50 % d'eau, étaient maintenus en émulsion par un mixeur dont le ronronnement emplissait la pièce. L'autre contenait les 80 litres de catalyseur qui seraient ajoutés au dernier moment à l'alginate pour le faire durcir. Un palan, fixé à une poutre du toit et terminé par une barre de trapèze, servait à arracher le modèle à la masse durcissante de l'alginate.

Toutes les explications du chef de laboratoire, auxquelles Idriss ne comprit rien, achevèrent de l'épouvanter. Pourtant on l'assurait qu'il ne resterait que quelques minutes dans la cellule, le temps que l'alginate prenne une consistance pâteuse, comparable à du flan de pâtissier. Ensuite on verserait dans la poche formée par son corps la résine de polyester, laquelle après 36 heures de refroidissement fournirait une matrice semblable à lui et de même poids. Cette matrice servirait à faire un moule en fonte d'aluminium, grâce auquel on fabriquerait un nombre illimité de mannequins en polyéthylène ou en polychlorure de vinyle. Mais auparavant, on avait besoin de son visage pour en prendre l'empreinte. Ce serait en somme un

185

léger avant-goût de l'opération de moulage de son corps.

On le plaça torse nu devant une table sur laquelle était posée une bassine d'alginate. Un assistant versa le catalyseur et vérifia la prise de la pâte. Comme l'extraction du modèle ne soulevait aucune difficulté, on pouvait attendre un durcissement plus avancé et réduire d'autant la durée de l'immersion. Idriss prit son souffle et piqua du nez dans la bassine. Une main pesant sur sa nuque le fit plonger jusqu'aux oreilles. On lui avait recommandé de tenir aussi longtemps qu'il le pourrait. Au bout d'une minute environ, il se redressa à demi asphyxié. Mais la pâte avait pris plus vite que prévu, et il y laissa ses cils et ses sourcils.

– Ça repoussera, plaisanta l'un des aides. Mais tu vois, on pourrait vendre notre camelote comme pâte épilatoire.

Il dut ensuite se mettre entièrement nu et prendre place dans la cellule. C'était là qu'intervenait le sens artistique de Bonami, car les mannequins seraient rigides et auraient tous l'attitude qu'allait garder Idriss dans la pâte. Ce fut long et minutieux. La jambe droite devait légèrement avancer sans que la gauche reste raide. Le torse devait tourner un peu, et les bras esquisser un geste d'accueil désinvolte. Il fallait concilier le mouvement et l'équilibre, l'élégance et le naturel, la grâce et la virilité. Les techniciens de la Glypto avaient d'autres soucis. La masse amorphe de 800 kilos d'alginate risquait après le retrait du modèle de s'effondrer et de se refermer sur l'empreinte de son corps. Ils disposaient donc autour du corps d'Idriss une dizaine de longues tiges de métal garnies de rondelles d'acier destinées à « armer » la pâte. Il leur était arrivé, lors des premiers essais, de ne pas parvenir à arracher le modèle à cette gangue énorme et adhérente. Ils plaçaient entre les doigts de pied d'Idriss de fins tuyaux reliés à une bouteille d'air comprimé. L'air insufflé gonflerait légèrement l'empreinte, et faciliterait la libération du modèle.

Les gens de la Glypto savaient d'expérience que la résistance nerveuse et morale du modèle est un facteur essentiel dans la réussite de l'opération. Ils intervinrent pour que Bonami cessât d'importuner Idriss. Il fallait en finir. Le chef de laboratoire monta sur un escabeau de façon à plonger du regard dans la cellule. Sa tête se trouvait à quelques centimètres de celle d'Idriss, crispé dans sa pose mannequin. Sa main reposait sur le levier de la vanne.

– Ça va petit père ? Alors allons-y !

Avec un bruit flasque, une bouse verdâtre s'écrasa sur les pieds d'Idriss. Puis la vanne vomit le flot visqueux de l'alginate, auquel se mêlait à mesure le catalyseur. Le niveau montait très rapidement le long du corps d'Idriss. C'était doux, tiède, nullement désagréable. Pourtant l'angoisse commença lorsque la pâte atteignit sa poitrine. Il gonfla ses poumons, comme on le lui avait recommandé pour élargir la gangue dans laquelle il étouffait. Mais ce qui était effrayant, c'était le durcissement de la pâte qui partant des pieds se refermait maintenant sur tout son corps. Lorsque le niveau atteignit le menton d'Idriss, le chef de laboratoire ferma la vanne et ne laissa plus qu'un filet couler dans la cellule.

– N'aie pas peur, dit-il, je te prends la bouche, mais je stoppe avant les narines.

Idriss avait fermé les yeux. Il lui semblait qu'il ne respirait plus, que son cœur avait cessé de battre. Avant que la bouillie verte ne le bâillonne, il prononça un mot.

– Qu'est-ce qu'il a dit ? demanda Bonami.

– Je ne sais pas. Ça ressemble à un nom. Quelque chose comme *Ibrahim*.

– Faudrait quand même pas qu'il tourne de l'œil !

– Parlez pas de malheur ! Pourtant faut patienter au

moins trois minutes pour que la pâte prenne suffisamment. Sinon tout est à recommencer.

– Le temps de cuire un œuf à la coque.

– Très drôle!

Les secondes s'écoulaient avec une lenteur mortelle. Le chef de laboratoire plongeait à tout moment son index dans l'alginate pour en apprécier la consistance.

– Je crois que ça peut aller, dit-il enfin. Envoie l'air comprimé.

Il y eut un léger sifflement, puis un rot profond et sonore. L'air se frayait un passage le long du corps d'Idriss.

– Trapèze! commanda le chef de laboratoire.

Il avait dégagé les bras d'Idriss, et l'aidait à refermer ses mains sur la barre du trapèze. A l'étage supérieur, deux hommes tiraient à toute force la corde du palan. Le trapèze remontait lentement. Ils étaient deux maintenant à maintenir les poings d'Idriss crispés sur la barre. La masse d'alginate laissait émerger le corps nu en produisant de terribles bruits de pet, de succion et de déglutition.

– On croirait assister à la naissance d'un enfant, prononça Bonami.

– Ça ressemble plutôt à un veau qu'on arrache du ventre d'une vache!

Les hommes du premier étage lâchèrent la corde du palan, et aidèrent Idriss à prendre pied. Nu, le corps luisant d'un vernis glaireux, il titubait comme un naufragé.

– Conduis-le prendre une douche et rends-lui ses frusques pendant que j'envoie la résine à sa place.

Une heure plus tard, Bonami le reconduisait lui-même rue Myrha. Il débordait d'enthousiasme.

– Ça a été un peu rude, hein, mais quelle passionnante aventure! La naissance d'un enfant, oui, c'était la naissance d'un enfant! Et dans moins d'un mois, une vingtaine d'Idriss, qui se ressembleront comme des frères jumeaux, vont peupler mes vitrines et mes étalages intérieurs. Alors à ce propos, j'ai une idée que je voudrais vous soumettre. Voilà : supposez que vous appreniez à faire l'automate ? On vous habille comme les autres mannequins, vos frères jumeaux. On vous maquille pour que votre visage, vos cheveux, vos mains aient l'air faux, si vous voyez ce que je veux dire. Et vous, raide comme un piquet dans la vitrine, vous accomplissez quelques gestes anguleux et saccadés. Ça s'est déjà fait, notez-le bien. Le succès est assuré. Matin et soir, c'est l'attroupement devant la vitrine. C'est assez facile, mais plus fatigant qu'on ne pourrait le croire. Le plus dur, ce sont les yeux. Il ne faut pas ciller. Oui, vos paupières doivent rester ouvertes. L'œil souffre un peu de dessèchement au début, mais on s'habitue. Qu'est-ce que vous en dites ? Réfléchissez à ma proposition. Ce serait très bien payé. Et venez m'en parler.

Les jours qui suivirent, Idriss, recru d'épreuves, ne quitta guère le foyer de la rue Myrha. Il ressentait le besoin de se protéger du monde extérieur, et voulait éviter ses pièges et les mirages qui se dressaient sous ses pas. Le foyer sommeillait tout l'après-midi pour ne s'animer qu'après six heures du soir avec le retour des travailleurs. Isidore en profitait pour jeter un coup d'œil dans les chambres grâce à son passe-partout. Il prenait note mentalement des observations à faire aux occupants le soir même. Certaines chambres révélaient un ordre méticuleux. D'autres au contraire étalaient une saleté provocante. Isidore connaissait son monde. Ces garçons, arrachés à la vie familiale du bled, ignoraient parfois que la lessive et la vaisselle ne se font pas toutes seules, et qu'il ne convient pas de casser les carreaux de la fenêtre pour jeter plus facilement les ordures dans la rue. Il veillait, le vieil Isidore, paternel, autoritaire et fort d'une longue expérience. Certains immigrés âgés, qui touchaient une retraite, s'étaient définitivement incrustés dans le foyer, dont la vocation administrative n'était pourtant pas de devenir un asile de vieillards. C'était les locataires que préférait Isidore, les plus calmes, les plus soigneux, les plus faciles. Ils se rassemblaient dans la salle commune autour du kanoun d'argile sur lequel mijotait le thé, et jouaient aux dominos ou à la kharbaga en échangeant de rares propos. Isidore se joignait à eux parfois pendant les heures creuses, et ils évoquaient ensemble par des allusions parcimonieuses l'Algérie de leur jeunesse.

Cette vieille garde formait avec les immigrés les plus anciens le groupe des écouteurs de la radio, séparés par une génération – ou deux – des fanatiques de la télévision. La télévision, c'était l'image, la vie moderne, la langue française, voire une lucarne ouverte sur l'univers fascinant de la vie américaine. La radio – qu'on n'entendait qu'à certaines heures et parfois l'oreille appliquée contre le récepteur – c'était Le Caire, Tripoli ou Alger, la langue arabe, les discours politiques et surtout le Coran et la musique traditionnelle. Idriss, échaudé par ses mésaventures, recherchait la compagnie de ces aînés qui l'accueillaient avec bienveillance et l'initiaient au monde invisible et bruissant de l'ionosphère. Il comprenait peu à peu que, contre la puissance maléfique de l'image qui séduit l'œil, le recours peut venir du signe sonore qui alerte l'oreille. Il trouva un guide passionné dans la personne d'un ouvrier tailleur d'origine égyptienne. Mohammed Amouzine était arrivé en France dès le lendemain de la guerre. La fatalité l'avait empêché de regagner son village où toute une tribu dépendait des sommes qu'il lui envoyait. Mais la nostalgie le dévorait. « L'Égyptien, attaché à la terre du Nil depuis sept mille ans, est le paysan le moins doué pour le nomadisme de tout le monde arabe, expliquait-il. Rien ne lui répugne autant que de s'expatrier. » Il avait vécu dans des transes, les mains nouées sur son Coran, l'oreille collée à sa radio, la première défaite de l'armée égyptienne contre Israël en 1948, la chute du roi Farouk en 1952, la nationalisation du canal de Suez suivie de la triple et lâche agression franco-anglo-israélienne en 1956, la guerre des Six Jours en 1967, et surtout la mort du Bikbachi le

28 septembre 1970 et ses funérailles grandioses. Il fit comprendre à Idriss la sombre et exaltante beauté des discours politiques diffusés quotidiennement par *La voix des Arabes*, ce triomphalisme déclamatoire, si peu justifié par les faits, mais si bien accordé à la puissance virtuelle du monde islamique.

Mais c'était surtout la voix sublime d'Oum Kalsoum qui le jetait dans un enthousiasme brûlant. Sur le « Rossignol du Delta », sur l'« Étoile de l'Orient », sur celle qu'on appelait tout simplement à la fin « la Dame » (As Sett), Mohammed Amouzine, le petit tailleur du Caire, était intarissable. Parce qu'il était né la même année – en 1904 – près de Simballawen dans une province du Rif égyptien nommée Dakhalia dont elle était elle-même originaire, il se croyait son pays, presque son frère. Habillée en garçon par austérité, elle chantait dès l'âge de huit ans lors des mariages. On la payait de quelques gâteaux avant qu'elle ne s'endorme épuisée dans les bras de son père. Aucun instrument ne l'accompagnait, car la voix est le seul instrument de musique donné par Dieu. La renommée de cette enfant bédouine qui embellissait les fêtes familiales en louant le Prophète ne cessait de grandir. Un drame éclate pourtant le jour où pour la première fois sa photo paraît dans un journal. C'est le commencement de la gloire, mais pour son père, c'est un déshonneur ineffaçable. Toute sa vie elle aura dès lors à lutter contre les photographes avides de surprendre sa vie privée et d'en divulguer des images triviales. Oum Kalsoum a un public presque exclusivement masculin, et c'est une femme sans homme. (Elle épousera tardivement le médecin qui la soigne.) C'est qu'elle se veut l'épouse de tout le peuple arabe, une sorte de madone, une vestale de la nation qui vit son art comme une mission à la fois sentimentale et patriotique. « C'est comme une réunion politique », disent les maris à leur femme pour expliquer qu'ils vont seuls écouter la chanteuse. D'ailleurs *Kalsoum* veut dire « étendard », et sur scène elle tient toujours dans sa main droite un vaste mouchoir qu'elle secoue comme un voile, comme une flamme. C'est son symbole, mais aussi son refuge, le confident de ses larmes et de ses sueurs.

Ainsi apparaît Oum Kalsoum, ses yeux, exorbités par son goitre, cachés derrière de grosses lunettes noires, un foulard noué sur ses cheveux, car, par atavisme arabe, elle se sent mieux la tête couverte, sa main potelée agitant son mouchoir. La première, elle a l'audace de refuser l'arabe littéraire et de chanter à la radio en dialecte égyptien. Et le miracle, c'est qu'elle parvient à se faire entendre de tout le monde arabe. Quand l'un de ses récitals est retransmis en direct par la radio, subitement à la même minute, on voit se vider les rues et les marchés du Caire, de Casablanca, de Tunis, de Beyrouth, de Damas, de Khartoum et de Ryad. La foule l'acclame avec des mots insensés : « Tu es à nous. Tu es la fiancée de ma vie. Depuis que je te connais, je suis sourd, je n'entends que ta voix, je suis muet, je ne parle que de toi ! »

Cette voix est inséparable désormais de la vie de la nation. Elle est l'âme de l'Égypte et de tout le monde arabe. Des dictons circulent : « Comment va l'Egypte ? Très bien : trois jours de football, trois jours d'Oum Kalsoum, un jour de viande. » Le 22 juillet 1952, un groupe de jeunes officiers mettent fin à des millénaires de sujétion étrangère. Pour la première fois depuis les Pharaons, l'Égypte est indépendante. Mais le général Néguib et le colonel Nasser ne peuvent se passer du rayonnement d'Oum Kalsoum. La Révolution doit être couronnée par un récital de l'Étoile de l'Orient. Néguib et Nasser sont au premier rang. Et quand, après les désastres de la guerre des Six Jours en juin 1967, le Bikbachi désespéré annonce qu'il donne sa démission et se retire, c'est encore la voix d'Oum Kalsoum qui s'élève et l'oblige à rester :

*Relève-toi et écoute mon cœur, car je suis le peuple*
*Reste, tu es la digue protectrice*
*Reste, tu es le seul espoir qui reste à tout le peuple*
*Tu es le bien et la lumière, tu es la patience face au*
*destin*
*Tu es le vainqueur et la victoire*
*Reste, tu es l'amour de la nation*
*L'amour et l'artère du peuple*[1]!

Le 21 mars 1969, toutes les conditions semblaient réalisées pour permettre à Moammar El Kadhafi et Abdesselam Jalloud de renverser le roi Idriss, et de prendre le pouvoir en Libye. Toutes les conditions sauf une : ce soir-là le Rossignol du Delta chantait à Benghazi! Événement national incompatible avec un coup d'État. Les conjurés ne pouvaient se trouver ailleurs que dans l'assistance pour acclamer leur idole. Il fallut décommander la révolution et attendre plus de six mois – jusqu'au 1er septembre – que les conditions favorables se trouvent à nouveau réunies.

Amouzine ne se lassait pas d'évoquer les deux concerts mémorables qu'elle avait donnés à Paris – à l'Olympia – les 15 et 17 novembre 1967. Le 15, la foule massée sur le trottoir du boulevard des Capucines était énorme et ne lui laissait que peu d'espoir de parvenir à entrer. Des individus louches la parcouraient certes pour offrir des billets « au noir », mais leur prix dépassait largement les moyens d'un ouvrier tailleur chargé de famille. C'est alors que le destin intervint merveilleusement en sa faveur. Il avisa un aveugle qui naviguait au milieu des piétons en fauchant d'un geste lent et doux avec sa canne blanche. C'était un vieil Arabe coiffé d'un turban et vêtu d'une djellaba. Le

1. Paroles de Saleh Gaoudat citées dans *Oum Kalsoum* d'Ysabel Saïah (Denoël).

premier mouvement d'Amouzine fut de se précipiter pour l'aider de façon désintéressée. Mais il comprit bientôt tout le parti qu'il pouvait tirer de sa propre générosité. Prenant l'aveugle par le bras, il lui dit rapidement : « Viens avec moi, je vais te faire entrer. » Puis il fendit la foule dans le hall du théâtre en poussant l'infirme devant lui et en répétant : « Place, s'il vous plaît, place, s'il vous plaît ! » Dans tous les pays du monde, mais plus encore dans un public en majorité africain, l'aveugle inspire une crainte respectueuse. Amouzine et son protégé se retrouvèrent rapidement dans la salle, puis au premier rang, au bord même de la rampe lumineuse. C'était un vrai miracle, et le tailleur en riait encore de joie en l'évoquant. Mais il y en eut un second, combien plus profond, plus significatif, plus émouvant !

Le rideau se leva. Le petit orchestre qui accompagnait traditionnellement Oum Kalsoum était en place et préluda longuement, comme à l'accoutumée. C'était une mélopée sinueuse dessinée par les violons, puis reprise par les qanouns et les luths, soulignée enfin par l'orgue électronique. La chanteuse apparut elle-même, cernée par le pinceau lumineux d'un projecteur, et marcha lentement vers le micro. Elle levait la tête d'un air inspiré et laissait pendre inerte dans sa main son long foulard. Aucun appel, aucun applaudissement, aucune manifestation ne salua son arrivée tant attendue pourtant. Elle baissa un peu la tête et sembla scruter la gueule béante et noire de la salle. Oum Kalsoum a fait relativement peu de tournées hors des pays arabes. Elle est si profondément enracinée dans sa terre deltaïque qu'elle éprouve toujours une certaine répugnance à s'aventurer dans cet Extrême-Occident que sont les capitales européennes et les grandes cités américaines. Cela se sent à son attitude en face de ce public parisien. Visiblement elle cherche dans cette foule obscure un visage, un regard qui la rassure et fasse passer le courant entre le public et elle. Elle trouve. Mais c'est un visage sans regard. Elle a aperçu au premier rang d'orchestre l'aveugle en turban et djellaba avec sa canne blanche. Elle murmure d'une voix imperceptible : « C'est pour toi que je chante. » Quelqu'un d'autre que l'aveugle a-t-il entendu ? Ce n'est pas sûr. Mais le vieil homme a tressailli. Son visage obscurci par la cécité s'est éclairé d'un sourire. Il écoute passionnément. C'est pour lui qu'elle chante ! Et à côté de lui le petit tailleur qui a été témoin du miracle, un miracle où il a sa part, se tait, transi de joie et d'émerveillement.

– Quand nous sommes sortis, raconte-t-il à Idriss, la foule s'écartait devant nous avec respect. Je n'ai pas pu m'empêcher de demander à l'aveugle comment il imaginait Oum Kalsoum. J'ai même dû lui demander dans mon trouble comment il la voyait. Comme si ma question n'était pas incongrue, il n'a pas hésité à me répondre : « Verte ! » m'a-t-il dit. Cet aveugle de naissance voyait notre chanteuse nationale comme une couleur, la couleur verte ! Et il a précisé : « Sa voix a autant de nuances que tout le vert de la nature, et le vert est la couleur du Prophète. »

Amouzine, ayant rapporté ce propos, se taisait et souriait en regardant Idriss. Ce garçon si jeune comprendrait-il que la parole soit assez puissante pour faire voir un aveugle, que le signe soit assez riche pour évoquer la couleur verte dans sa tête enténébrée ?

Pas plus que l'aveugle Idriss n'avait vu Oum Kalsoum, et ce n'était pas la coupure de presse qu'Amouzine serrait dans son portefeuille et où l'on devinait une grosse dame au visage lourd, masqué par d'épaisses lunettes noires, qui pouvait exalter son imagination. Mais il l'écoutait des heures durant, et peu à peu le souvenir de Zett Zobeida s'imposait à son esprit. C'était la même voix, un peu trop grave pour une femme, la voix de jeune bédouin dont Oum Kalsoum avait pris l'apparence au début de sa carrière, avec des intonations charnelles d'une déchirante tristesse. Idriss revoyait alors le ventre luisant et noir de la danseuse, cette bouche sans lèvres par laquelle s'exprimait tout le corps pudiquement voilé. C'était la même articulation parfaitement distincte, la prononciation martelée, les mots détachés selon les règles de la diction coranique, et aussi cette répétition modulée, ce retour inlassable du même verset repris avec une intonation différente, jusqu'au vertige, jusqu'à l'hypnose. La libellule qui est libelle, et déjoue la ruse de la mort, le criquet qui est écrit, et dévoile le secret de la vie...

Ce fut aussi Amouzine qui présenta Idriss au maître calligraphe Abd Al Ghafari.

*Si ce que tu as à dire n'est pas plus beau que le silence,*
*Alors tais-toi!*

Calligraphiée sur le linteau de la porte dans les caractères anguleux et géométriques du style koufi, cette injonction avait été la première leçon d'Idriss. Le fait est que le maître Abd Al Ghafari recommandait à ses élèves de ne pas ouvrir la bouche pendant les trois premiers quarts d'heure de la leçon.

Dans le petit cabinet où se fabriquait l'encre de l'atelier, un autre texte se lisait sur le mur. C'était ce mot du Prophète qui tranche absolument entre la sagesse de l'Islam et le culte de la douleur et de la mort propre au christianisme :

*Il y a plus de vérité dans l'encre des savants que dans*
*le sang des martyrs.*

Cette encre des savants, Idriss apprit à la faire. Il fallait additionner à un demi-litre d'eau, cinq grammes de sel, deux cent cinquante grammes de gomme arabique, trente grammes de noix de galle grillées puis moulues, quarante grammes de sulfate de fer, et trente grammes de miel. Laisser deux heures sur un feu doux en remuant de temps en temps, puis ajouter vingt grammes de noir de fumée, et laisser une heure encore sur le feu. Enfin passer l'encre dans un tamis très fin.

Il s'exerça également à tailler le roseau, car le calligraphe doit faire son outil lui-même et ne s'en servir qu'une fois. La longueur du calame est d'un empan, soit, les doigts étant écartés, la distance qui sépare l'extrémité du pouce de celle du petit doigt. On appuie le bout du roseau sur une plaquette de coupe en ivoire, en nacre ou en écaille. Fendu de biais, le roseau présente un bec qui recouvre une ouverture ovale, le ventre. Le bec est incisé non en son centre, mais aux quatre cinquièmes de sa largeur. L'incision doit être courte pour les mains lourdes, plus longue pour les mains légères. Il y a un roseau par style – Roqa, Farsi, Koufi, Neskhi, Toulthi, Diwani, Ijaza – et autant de roseaux que de grosseurs de caractères.

Mais ces petites tâches paisibles et monotones n'étaient en vérité que le prélude au geste fondamental, le tracé de la lettre. Dès sa première calligraphie, Idriss se retrouva plongé dans le temps démesuré où il avait vécu sans le savoir à Tabelbala. Il comprenait maintenant que ces vastes plages de durée étaient un don de son enfance, et qu'il les retrouverait désormais par l'étude, l'exercice et le désintéressement. D'ailleurs la faculté offerte au calligraphe d'allonger horizontalement certaines lettres introduit dans la ligne des silences, des zones de calme et de repos, qui sont le désert même.

Autant que sa main, l'élève doit maîtriser sa respiration. Idriss apprit par cœur cette page du maître calligraphe Hassan Massoudy sur la solidarité du souffle et de l'écriture :

> *La capacité du calligraphe à retenir sa respiration se reflète dans la qualité de son geste. Il existe une technique respiratoire. Normalement on respire*

*sans ordre. Mais lorsqu'on calligraphie, on ne peut pas inspirer et expirer n'importe quand. Le calligraphe apprendra, tout au long de sa formation, à suspendre sa respiration, et à profiter d'un arrêt dans le dessin de la lettre pour la reprendre. Un mouvement poussé ou tiré ne sera pas le même si on inspire ou si on expire en l'accomplissant. Lorsque le mouvement est long, pour que la ligne reste pure, on coupe le souffle afin qu'il n'altère pas le geste. Avant de calligraphier une lettre ou un mot, il faut prévoir les endroits où on va pouvoir reprendre son souffle, et, par la même occasion, reprendre de l'encre. Ces arrêts se font à des endroits précis et codifiés, même si on peut encore retenir sa respiration et s'il reste de l'encre dans le roseau. Les arrêts servent donc à refaire le plein d'air et d'encre. Les calligraphes, qui perpétuent les méthodes traditionnelles, n'aiment pas utiliser les plumes métalliques à réservoir, car elles provoquent un flux d'encre ininterrompu qui rend inutile une telle maîtrise, et fait perdre au calligraphe le plaisir de sentir le poids du temps.*

L'arabe s'écrivant de la main droite et de droite à gauche, il faut prendre garde que la main ne passe sur la ligne fraîchement écrite. En vérité la main, telle une ballerine, doit danser légèrement sur le parchemin, et non peser comme un laboureur avec sa charrue.

La calligraphie a horreur du vide. La blancheur de la page l'attire, comme la dépression atmosphérique attire les vents et fait lever la tempête. Une tempête de signes qui viennent en nuées se poser sur la page, comme des oiseaux d'encre sur un champ de neige. Les signes noirs, rangés en cohortes belliqueuses, les becs dressés, les jabots enflés, les ailes recourbées, défilent de ligne en ligne, puis se rassemblent en corolles, en rosaces, en chœurs, selon une symétrie savante.

Le ciseau du sculpteur libère la jeune fille, l'athlète ou le cheval du bloc de marbre. De même les signes sont tous prisonniers de l'encre et de l'encrier. Le calame les en libère et les lâche sur la page. La calligraphie est libération.

Plus d'une fois dans ses propos, le maître Abd Al Ghafari avait fait allusion à un conte exemplaire qui devait, selon lui, contenir le dernier mot de son enseignement et toute la sagesse de la calligraphie. C'était *La légende de la Reine blonde*. Encore fallait-il que ses jeunes apprentis fussent en mesure d'en saisir le sens et d'en faire leur miel. Ces adolescents musulmans plongés dans la grande cité occidentale subissaient toutes les agressions de l'effigie, de l'idole et de la figure. Trois mots pour désigner le même asservissement. L'effigie est verrou, l'idole prison, la figure serrure. Une seule clef peut faire tomber ces chaînes : le signe. L'image est toujours rétrospective. C'est un miroir tourné vers le passé. Il n'y a pas plus pure image que le profil funéraire, le masque mortuaire, le couvercle de sarcophage. Mais hélas sa fascination s'exerce de façon toute-puissante sur les âmes simples et mal préparées. Une prison, ce n'est pas seulement des barreaux, c'est aussi un toit. Un verrou m'empêche de sortir, mais il me protège aussi contre les monstres de la nuit. Une figure gravée dans la pierre éveille la tentation d'une vertigineuse plongée dans les ténèbres d'un passé immémorial. La forme la plus triviale de cette sorte d'opium se rencontre dans les cinémas. Là, au fond de salles obscures, des hommes et des femmes, affalés côte à côte dans de mauvais fauteuils, restent figés des heures entières dans la contemplation hypnotique d'un vaste écran éblouissant qui occupe la totalité de leur champ visuel. Et sur cette surface scintillante s'agitent des images mortes qui les pénètrent jusqu'au cœur, et contre lesquelles ils sont sans défense aucune.

En vérité l'image est bien l'opium de l'Occident. Le signe est esprit, l'image est matière. La calligraphie est l'algèbre de l'âme tracée par l'organe le plus spiritualisé du corps, sa main droite. Elle est la célébration de l'invisible par le visible. L'arabesque manifeste la présence du désert dans la mosquée. Par elle l'infini se déploie dans le fini. Car le désert, c'est l'espace pur, libéré des vicissitudes du temps. C'est Dieu sans l'homme. Le calligraphe, qui dans la solitude de sa cellule prend possession du désert en le peuplant de signes, échappe à la misère du passé, à l'angoisse de l'avenir et à la tyrannie des autres hommes. Il dialogue seul avec Dieu dans un climat d'éternité.

Soir après soir, Idriss cheminait ainsi vers la guérison en écoutant les leçons du maître Abd Al Ghafari, et en régénérant ses mains avilies par les travaux grossiers de la journée.

Jusqu'au jour où il fut invité avec quelques autres par le maître à s'asseoir autour de lui pour entendre *La légende de la Reine blonde*.

## La Reine blonde

Il était une fois une reine, et cette reine rayonnait d'une si grande beauté que les hommes ne pouvaient la voir sans l'aimer passionnément. Une particularité, rare et étrange en ces pays du sud, contribuait sans doute au dangereux charme de cette femme : elle était blonde comme les blés mûrs, et cela demande une explication, car ses parents avaient des chevelures du plus sombre jais.

Ils s'étaient connus très jeunes, et ils appartenaient à deux grandes familles voisines et rivales qui se haïssaient. Ils devaient se cacher pour se rencontrer, et ils avaient coutume de se retrouver dans une palmeraie abandonnée et envahie par les sables. Mais une nuit qu'ils s'étaient plus ardemment aimés que les autres nuits, ils s'attardèrent, et le premier rayon du soleil levant caressait le couple enlacé au moment même où ils concevaient leur premier enfant, ce qui constitue un manquement grave aux règles de la décence. Mais ne faut-il pas excuser ceux qui sont contraints par la bêtise et la haine de s'aimer sauvagement sous les palmes et le ciel, comme des biches ou des petits oiseaux ? Or personne n'ignorait en ce pays le châtiment qui frappe les amants de plein jour : l'enfant solaire est condamné à naître blond, d'une blondeur accusatrice, indécente, ravissante...

Tel fut donc le cas de leur fille qui sema autour d'elle le scandale et récolta le mépris, bien avant de pouvoir rien comprendre à sa malédiction. Pourtant, plus elle grandissait, plus sa beauté resplendissait, plus sa blondeur éblouissait. Et ce qui devait arriver arriva. Le dauphin du royaume, l'ayant fugitivement aperçue, tomba amoureux d'elle, et il désola sa famille et la cour en exigeant pour femme cette bâtarde aux cheveux obscènes. Les fêtes de leur mariage furent d'autant plus éclatantes qu'elles coïncidèrent avec le couronnement du prince. En effet il avait dû attendre d'être roi pour vaincre la résistance de tous les notables à ce qu'ils considéraient comme une affreuse mésalliance.

Hélas le bonheur du jeune couple royal fut de courte durée! Le frère cadet du nouveau roi, qui était page en une cour étrangère, voyant sa belle-sœur pour la première fois, conçut pour elle une passion sans mesure. Et il en arriva à tuer son frère, non par calcul et pour prendre sa place sur le trône et dans son lit, mais dans un accès de folle jalousie, pour qu'il ne touche pas à la reine blonde.

Celle-ci, cruellement blessée par ce fratricide dont elle se savait la cause, repoussa tout projet de remariage et décida de régner seule. Et pour faire cesser les ravages qu'exerçait sa blonde beauté, elle se couvrit la tête et le visage d'un voile dont elle ne se départait que dans ses appartements et en la seule présence de ses suivantes. Comme le souverain est en tout temps et en tout lieu un modèle pour ses sujets, l'usage s'établit dans le royaume que les femmes ne sortissent que masquées d'un voile.

C'est cette coutume que mit à profit un jeune artiste peintre nommé Ismaïl pour mener à bonne fin un audacieux projet. Il s'était persuadé que sa vocation ne trouverait son épanouissement que s'il parvenait à faire le portrait de la reine. Ayant soudoyé l'une des

servantes du gynécée, il prit sa place, le visage dissi-
mulé sous un voile, et put ainsi s'emplir les yeux jour
après jour de la beauté de la reine. Dès qu'il avait un
moment de libre, il s'enfermait dans un cabinet et
travaillait avec passion à l'œuvre de sa vie.

Or cette œuvre devait être la seule, car Ismaïl,
comprenant qu'il ne pourrait jamais peindre autre
chose, ivre de surcroît d'un amour sans espoir, se
pendit à côté du portrait.

La reine vieillit, ses cheveux blanchirent, elle mou-
rut. Mais son portrait conserva intact – et même
mystérieusement accru – le charme dangereux de ses
traits. Il passa de main en main, allumant dans les
cœurs une passion absolue et sans espoir. On l'exposa
un temps dans une salle du palais avec les trésors
accumulés par des générations de tyrans. L'intendant
fut effrayé par les lettres d'amour enflammées qui
étaient adressées chaque jour par des inconnus à la
reine blonde. Un matin, on trouva les gardiens assas-
sinés. Une ouverture avait été percée dans la toiture et
des voleurs s'étaient introduits dans la salle des trésors.
Or ils avaient négligé la vaisselle de vermeil, les pierres
précieuses et les médailles d'or. Seul le portrait de la
reine avait disparu.

Deux ans plus tard, un voyageur qui traversait le
désert voisin découvrit les cadavres de deux hommes.
Comme ils avaient encore les armes à la main, il était
facile de comprendre qu'ils s'étaient entre-tués. Quant
à l'enjeu de cette rixe, il était là, rayonnant de blondeur
maléfique, c'était le portrait de la reine.

Le voyageur, qui était pieux, enterra les cadavres
desséchés, récita une prière pour eux, et reprit sa
route. Mais il avait ajouté le portrait à son bagage. Il
s'appelait Abder, faisait partie d'une secte rigoriste, et
vendait des icônes et des images pieuses dans les souks
de la ville. Pourtant il se garda d'exposer la reine
blonde dans son magasin. Il suspendit le portrait dans

la chambre conjugale, disant à son épouse qu'il ne savait qui en était le modèle, la vérité en somme. Aïcha, d'abord rassurée, comprit bientôt quel trouble cette image entretenait dans le cœur de son mari. Elle connaissait trop ses yeux, le poids de ses regards pour ne pas voir la sombre flamme dont ils brillaient quand ils se portaient sur la femme peinte. Aussi conçut-elle le projet de détruire cette image maléfique. Un jour qu'un graveur travaillait au magasin, elle lui déroba son flacon de vitriol, et le brisa sur le visage de la reine. Mystérieusement aucune trace n'apparut sur le portrait. Mais Aïcha éprouva en revanche une horrible brûlure au visage et se trouva le soir même affreusement défigurée. Elle jura à tous que c'était son mari qui lui avait jeté le vitriol à la face au cours d'une dispute. Abder, traduit devant le tribunal de sa secte, refusa de se défendre. Il aurait fallu pour cela qu'il prît sur lui d'accuser Aïcha et de révéler le secret de la reine peinte, ce qui était au-dessus de ses forces. Son silence passant pour un aveu, il fut condamné à perdre tous ses biens et à finir ses jours dans un monastère.

La reine peinte disparut plusieurs années, mais il est possible qu'elle fût pour quelque chose dans nombre d'affaires ténébreuses qui demeurèrent inexpliquées.

Longtemps après, le roi d'un pays voisin inquiétait sa cour par son étrange comportement. Il possédait une chambre secrète où personne n'était admis. On le voyait seulement chaque jour s'y enfermer et y demeurer plusieurs heures, parfois toute une nuit. Quand il en sortait, il était pâle, défait, et on voyait à ses yeux qu'il avait beaucoup pleuré.

Or il advint que ce roi, devenu vieux, sentit ses forces diminuer. Il réunit sa cour et ses proches, et leur fit connaître ses dernières volontés. Quand il eut terminé, il ne garda auprès de lui que son plus fidèle serviteur.

– Dès que je serai mort, lui dit-il, tu prendras cette

clé pendue à mon cou par une chaîne d'or. Tu ouvriras la porte de la chambre secrète. Mais auparavant tu te seras muni d'un sac et tu auras noué un bandeau sur tes yeux. En avançant les bras tendus dans la chambre, tu trouveras un portrait. Sans quitter ton bandeau, tu mettras ce portrait dans le sac. Ensuite tu iras sur la grande jetée du port, et tu lanceras le sac et son contenu dans les flots. Ainsi ce portrait, qui a fait un demi-siècle le bonheur et le malheur de ma vie, cessera d'exercer son pouvoir qui est au total assez malfaisant.

Sur quoi il ferma les yeux et s'éteignit.

Le fidèle serviteur exécuta scrupuleusement les ordres que le roi lui avait donnés. Il s'empara de la clé de la chambre secrète, se munit d'un sac, se banda les yeux, ouvrit la porte de la chambre, prit le portrait, l'enfouit dans le sac sans le regarder, et jeta le tout à la mer.

Il arriva cependant qu'un misérable pêcheur du nom d'Antar, ayant capturé un requin à quelque temps de là, ne manqua pas d'ouvrir son estomac, car ces poissons, voraces entre tous, réservent souvent d'heureuses surprises à ceux qui les pêchent. Or l'estomac contenait le sac dans lequel était enfermé le portrait. Rentré chez lui, Antar découvrit ainsi le visage d'une jeune femme blonde, et ce visage était si beau que le pêcheur comprit aussitôt avec terreur et ravissement que plus rien d'autre au monde n'aurait désormais d'intérêt à ses yeux. Ainsi ce visage peint, après avoir fait le malheur et le bonheur du roi, comblait et dévastait en même temps la vie du plus humble de ses sujets.

Antar négligea sa barque et ses filets trois jours durant, et quand, sur les supplications de sa femme et de ses enfants, il se décida à reprendre la mer, ce fut les mains vides qu'il rentra le soir. Il rentrait les mains vides, sa famille aurait faim, mais un sourire étrange, triste et extatique à la fois, errait sur ses lèvres, le sourire des amants de la reine blonde.

Or ce pêcheur avait un fils aîné âgé de douze ans et prénommé Riad. Cet enfant s'était montré si doué pour les sciences de l'esprit et les arts de l'âme que le sage, poète et calligraphe Ibn Al Houdaïda l'avait pris sous sa tutelle afin de lui communiquer son savoir. Riad ne se fit pas faute – comme son maître l'interrogeait sur sa mine défaite – de raconter la mésaventure advenue à son père et l'étrange état de langueur où il était tombé.

– Et cette reine blonde, lui demanda le sage, l'as-tu vue toi-même?

– Que non! s'écria l'enfant. Mon père la cache et veille sur elle avec une jalousie farouche. Et d'ailleurs que m'importe de la voir?

– C'est fort bien ainsi, au moins provisoirement, approuva le sage. Mais quand tu seras un peu plus aguerri, il faudra bien que tu te risques à la regarder, si du moins tu prétends arracher ton père à un mauvais charme.

– Et comment m'y prendrai-je?

– Il s'agit d'une image, c'est-à-dire d'un ensemble de lignes profondément enfoncées dans la chair, et qui asservissent à la matière quiconque tombe sous leur emprise, répondit Ibn Al Houdaïda. L'image est douée d'un rayonnement paralysant, telle la tête de Méduse qui changeait en pierre tous ceux qui croisaient son regard. Pourtant cette fascination n'est irrésistible qu'aux yeux des analphabètes. En effet l'image n'est qu'un enchevêtrement de signes, et sa force maléfique vient de l'addition confuse et discordante de leurs significations, comme la chute et l'entrechoc des milliards de gouttes d'eau de la mer font ensemble le mugissement lugubre de la tempête, au lieu du concert cristallin qu'une oreille douée d'un discernement surhumain saurait entendre. Pour le lettré, l'image n'est pas muette. Son rugissement de fauve se dénoue en paroles nombreuses et gracieuses. Il n'est que de savoir lire...

Dès lors Riad apprit à lire. Son maître lui enseigna d'abord que *figure* ne signifie pas seulement *visage humain*, mais qu'il y a des *figures de diction* qui s'appellent prothèse, épenthèse, paragoge, aphérèse, syncope, apocope, métathèse, diérèse, synthèse et crase. Des *figures de construction* qui s'appellent ellipse, zeugma, syllepse, hyperbate et pléonasme. Des *figures de mots* ou *tropes*, qui s'appellent métaphore, ironie, allégorie, allusion, catachrèse, hypallage, synecdoque, métonymie, euphémisme, antonomase, métalepse et antiphrase. Enfin des *figures de pensée* qui s'appellent antithèse, apostrophe, épiphonème, subjection, obsécration, hyperbole, litote, prosopopée et hypotypose.

Et cela faisait une nuée de trente-six figures – trois fois douze – qui l'entouraient où qu'il aille, comme on voit sur certaines icônes un essaim de visages ailés d'angelots accompagner les travaux et les jours d'un saint.

Mais ce n'était encore que littérature, et le maître lui mit en main le calame fendu et biseauté avec lequel il lui apprit à tracer au jus de mûre (il s'agit du fruit du mûrier et non de celui de la ronce) sur une feuille de parchemin les vingt-huit lettres de l'alphabet (vingt-neuf si l'on considère le lam-alif comme une lettre de plus).

De ce jour l'adolescent s'avança dans le monde redoutable des images armé de son calame et de ses signes calligraphiés, comme un jeune chasseur s'enfonce dans une forêt obscure avec son arc et ses sagettes. Mais entre toutes les figures, son maître lui enseigna à redouter le visage humain, parce qu'il est pour les illettrés la source la plus vive de crainte, de honte et surtout de haine et d'amour.

Il lui disait :

– Il y a un signe infaillible auquel on reconnaît que l'on aime quelqu'un d'amour. C'est lorsque son visage nous inspire plus de désir physique qu'aucune autre partie de son corps.

Il disait aussi :

– L'un des secrets de la force du visage tient à sa forme spéculaire. Car il semble se composer de deux moitiés identiques séparées par la ligne médiane passant par le milieu du front, l'arête du nez et la pointe du menton. Or cette symétrie n'est que superficielle. Pour qui sait lire les signes dont elle se forme, il s'agit de deux poèmes pleins d'assonances et de résonances, mais dont l'écho retentit d'autant plus fortement qu'ils ne signifient pas la même chose malgré leur affinité.

Il tira de son coffre le portrait d'un homme barbu à l'expression grave et impérieuse qui respirait la volonté de soumettre les choses et les personnes – quelles qu'elles fussent – qui se trouveraient sur son chemin.

– Que t'inspire ce visage? lui demanda-t-il.

– Une crainte respectueuse, répondit Riad. Et aussi une sorte de pitié. On voudrait lui obéir, mais pas seulement par peur. Si la chose était possible, on aimerait aussi l'aimer un peu.

– C'est fort bien vu. Ce portrait est celui du sultan Omar dont tout le règne ne fut qu'une suite de violences et de trahisons. Mais il importe, puisque tu en es désormais capable, de te libérer en lettré des rayons obscurs qui émanent de ce portrait. Observe bien ce que je fais.

Il se saisit d'un calame et traça en larges caractères calligraphiques les mots suivants sur la moitié droite du parchemin :

*L'enfant (est) le père de l'homme* [1]

Puis il choisit une autre feuille, et, d'une main ailée, il y écrivit sur sa moitié gauche :

Sur la partie droite d'un troisième parchemin, il écrivit ensuite :

*Méfiez-vous des rêves de jeunesse,*
*ils finissent toujours par se réaliser* [3]

Puis il écrivit sur la moitié gauche d'une autre feuille :

*Le pouvoir rend fou,*
*le pouvoir absolu rend absolument fou* [4]

Enfin sur une dernière feuille, il écrivit ces mots, mais cette fois sur toute la surface de la feuille :

*Un homme seul est toujours en mauvaise compagnie* [5]

– Et maintenant regarde bien !
Sous les yeux arrondis d'étonnement de Riad, Ibn Al Houdaïda superposa les cinq parchemins translucides couverts d'arabesques calligraphiques. Alors on vit apparaître en filigrane, comme au fond d'un lac tranquille, un visage, celui-là même du sultan Omar avec cette expression amère et brutale, mais tempérée aussi de tendresse blessée qui avait frappé Riad.
– Et ce n'est pas tout, poursuivit le sage calligraphe. Observe encore ceci.
Il changea l'ordre dans lequel étaient superposées les feuilles de parchemin, une fois, deux fois, trois fois, et chaque fois l'expression du sultan se nuançait subtilement, car c'était tantôt la volonté impérative, tantôt la cruauté, tantôt le souvenir d'une enfance frustrée de tendresse qui dominait.
– Forcément, expliqua le maître. La feuille du des-

sus s'impose avec plus d'évidence que la dernière. Les trois autres transparaissent aussi plus ou moins. Mais n'est-ce pas ce qui arrive dans la vie?

– Certes, admit Riad, il y a plusieurs hommes en chacun de nous, et c'est tantôt l'un, tantôt l'autre qui anime notre visage.

– Et ce visage n'est autre qu'un ensemble de signes exprimant une vérité intelligible, conclut Ibn Al Houdaïda, mais nous ne la percevons que grossièrement, comme un cri, une menace ou un sanglot. Et maintenant, va! Va affronter la reine peinte, et sauve ton père de son emprise. Prends ton encre, tes parchemins et tes calames, et rentre chez toi.

Riad s'élança en direction de la maison familiale.

La barque était tirée sur le sec, et il était clair qu'elle n'avait pas travaillé depuis plusieurs jours. La porte de la maison bâillait sur la misère de la mère et des enfants. Mais Riad savait que tout se passait dans une sorte de masure en planches où Antar rangeait ses filets et ses apparaux, et qu'il tenait jalousement close. Cette cabane était devenue en effet le temple de la reine blonde, et il fallut beaucoup de cœur au garçon pour aller y frapper. Personne ne répondit. La porte était verrouillée mais vermoulue, et Riad put d'un léger coup d'épaule forcer l'entrée de la cabane. La flamme d'une bougie trouait l'obscurité, comme une veilleuse dans un oratoire. A la faible et tremblante lueur on ne voyait qu'un visage, celui de la reine blonde.

Riad s'enfonça dans le noir, irrésistiblement attiré par le portrait. C'était la première fois qu'il le voyait, et sa puissance maléfique agissait pleinement sur cet être vierge. Il tomba à genoux comme devant une idole, et il lui sembla plonger éperdument dans la profondeur de ce visage blanc, de ces cheveux dorés, de ces yeux bleus.

Des minutes passèrent. Riad s'habituait à la pénombre, et certains détails de l'intérieur de la cabane commençaient à lui apparaître, des rames brisées, des lignes emmêlées, des paniers défoncés, des nasses en osier crevées, tout un désordre triste qui disait le naufrage d'une profession, mais sur lequel flottait le sourire énigmatique de la reine.

Mais ensuite Riad aperçut à ses pieds ses parchemins, son encre et ses calames, ce petit matériel d'écolier qui devait l'armer contre la fascination de l'image. Il s'assit alors en tailleur, disposa son cahier sur ses genoux, prit une plume dans sa main droite et posa sur le portrait un regard lavé et rafraîchi par une attention studieuse.

Il n'eut pas à regarder longtemps pour constater que – comme celui d'Omar, comme celui de tous les êtres vivants sans doute – ce visage n'était pas exactement symétrique. Il considéra d'abord l'œil gauche qui évidemment ne disait pas la même chose que l'œil droit. Que disait-il, cet œil gauche ? Riad traça d'une main habile les principaux traits dont il était formé, et ces traits voulaient dire :

*La gloire (est) le deuil éclatant du bonheur* [6]

Puis sur une autre feuille, il recopia le profil de l'œil droit, et il se trouva avoir écrit ces mots :

*L'œil d'une reine doit savoir (être) aveugle* [7]

Ensuite ce fut le tour du petit nez droit dont il traça la ligne très légèrement relevée par une discrète insolence. Il déchiffra alors ces mots :

*L'odorat (est) le contraire du flair* [8]

Il avait ainsi déchiffré les trois étages médians de la figure humaine. Restait, en haut, le front. Et le tracé du front signifiait :

*L'honneur d'une reine (est) un champ de neige*
*sans trace de pas* [9]

Enfin en bas, le menton disait par son contour ferme et volontaire :

*Ce que femme désire,*
*l'homme croit le vouloir* [10]

Il n'y avait plus que la partie la plus troublante, la plus difficile du portrait, cette masse de cheveux blonds, contenue par la couronne et qui s'en échappait en deux flots impétueux. Riad couvrit de signes entre-mêlés toute une feuille de parchemin, tellement qu'un ignorant n'y aurait vu qu'un écheveau de cheveux soyeux et souples. Mais pour qui savait lire, cet éche-veau disait du côté droit :

*Blonde (est) l'innocence* [11]

Et du côté gauche :

*Cheveux clairs, femme légère* [12]

Pour terminer, Riad dessina la calotte lisse et régu-lière qui surmontait le cercle métallique de la couron-ne. Et ces cheveux d'or, enserrés dans un cercle d'or, parfaitement tirés et disciplinés disaient :

*Justice, fidélité, cœur limpide* [13]

– Misérable, que fais-tu là ?
La silhouette noire d'Antar se découpait dans le cadre clair de la porte. Riad se leva en tremblant. Le pêcheur avait saisi un harpon et s'apprêtait à le lancer contre cet intrus qu'il ne pouvait reconnaître dans l'ombre.

– Arrête, mon père, c'est moi Riad, ton fils!

– Qui t'a permis de forcer cette porte et d'entrer ici?

Le ton était toujours menaçant, mais déjà le harpon s'inclinait vers le sol.

– J'ai appris avec mon maître une nouvelle façon de rendre hommage à la reine peinte.

– Cette image m'appartient à moi seul. Je t'interdis de la regarder!

– Je n'ai plus besoin de la regarder. J'ai beaucoup mieux désormais, expliqua Riad en montrant à son père le paquet de feuilles de parchemin qu'il tenait à la main.

– Qu'est-ce que ça signifie?

C'était toute la question. C'était la grande question qu'attendait Riad. Il s'avança vers la porte et se plaça en pleine lumière.

– Justement mon père. Je suis venu avec mes calames, mon encre et mes parchemins pour déchiffrer la signification de la reine blonde. Et voici ce que j'ai trouvé.

Il éleva vers le ciel les huit feuillets superposés qu'il avait couverts de signes calligraphiés. Aussitôt apparut le visage de la reine, un visage composé d'arabesques, un visage translucide, apaisé, spiritualisé.

Antar laissa tomber son harpon et se saisit des feuilles pour mieux les scruter. Il était subjugué par cette version divine du portrait dont il subissait depuis si longtemps l'esclavage brutal.

– Je ne comprends pas, murmura-t-il.

– Tu ne comprends pas tout, parce que tu ne sais lire que quelques lettres, lui expliqua Riad. Mais tu vois bien que ces traits récitent un poème, la complainte de la reine blonde victime de sa propre beauté.

Et il prêta sa voix claire d'adolescent à ce chant mélancolique, où une fillette malaimée en raison de ses origines infamantes devenait une jeune fille dangereusement désirée, puis une femme haïe par les uns, adorée par les autres, et ne trouvait finalement une sorte de paix que dans l'exercice austère et solitaire du pouvoir.

Il parlait, il parlait, les yeux de son père allaient de ses lèvres aux feuilles de parchemin, et le pêcheur s'efforçait de répéter chaque mot, chaque phrase, comme on apprend une prière, une formule incantatoire propre à conjurer un envoûtement.

Le lendemain Riad retourna auprès de son maître poursuivre ses leçons. Antar, lui, reprit la mer. Mais chaque soir, le père et le fils se retrouvaient dans la cabane, et, sous le sourire énigmatique mais désormais inoffensif de la reine blonde, l'adolescent initiait son père au grand art et à la profonde sagesse de la calligraphie.

*Note :* Ces vérités éternelles inscrites dans les lignes du visage ont été maintes fois exprimées au cours des siècles et des millénaires. Nous avons choisi de les recopier chez les écrivains suivants :
1. William Wordsworth.
2, 7, 11. Ibn Al Houdaïda.
3. Goethe.
4. Alain.
5. Paul Valéry.
6. Germaine de Staël.
8, 9, 10, 12, 13. Edward Reinroth.

Achour jubilait.

– La place Vendôme! Ah mon cousin! C'est le fin du
fin de la vie parisienne. Des bijoutiers, des parfumeurs,
l'hôtel Ritz et le palais du ministre de la Justice. Et
par-dessus tout ça, le grand Napoléon sur sa colonne!
Non, tu peux pas imaginer ça dans ta tête. Et nous, les
bicots, qu'est-ce qu'on fait là? On arrive avec nos
outils, et on casse tout!

Il s'agissait de donner le premier coup de pioche
d'un parking souterrain de quatre étages pouvant
engloutir jusqu'à 900 voitures. Du travail pour plusieurs mois dans le cadre le plus luxueux de Paris. Peu
sensible à ce détail, Idriss se souciait surtout de l'outil,
nouveau pour lui, qu'il allait avoir à manier, le marteau pneumatique, devenu presque le symbole du
travailleur maghrébin.

Dès le point du jour, les hommes se retrouvaient sur
la place, casqués de jaune, gantés de cuir, avec les
premiers camions et la remorque du compresseur. On
commençait à monter les baraques en fibrociment des
travaux publics.

Idriss s'éloigna le nez en l'air. Achour n'avait pas
menti. Tout respirait ici le chic, le fric et la vieille
France. D'un côté le Ritz et la hautaine façade de
l'ancienne chancellerie. De l'autre des vitrines dont la
sobriété même voulait dire : somptuosité, opulence,

217

luxe. Il déchiffrait l'une après l'autre des raisons sociales dont le prestige le dépassait : Guerlain, Morabito, Houbigant, Bank of India, Boucheron, Schiaparelli, Les Musts de Cartier, Les Bois du Gabon. Il s'attarda devant un joaillier. Protégée par une vitre teintée, épaisse comme le pouce et armée de palpeurs sismiques, une rivière de diamants scintillait sur un fond de soie grenat. Le petit berger de Tabelbala ressentait pleinement l'espèce de morgue qui rayonnait du splendide joyau. Il revint vers ses compagnons qui entouraient l'ingénieur, l'architecte et le chef du chantier. De brefs propos s'échangeaient.

– L'entrée du parking, côté Castiglione. La sortie, côté rue de la Paix.

– Vous ne craignez pas d'ébranler la colonne Vendôme?

– Étant donné son poids, elle ne bougera pas. Mais si les façades des immeubles se lézardaient, on aurait bonne mine!

Cependant le diesel du compresseur commençait à hoqueter. Le cordon ombilical qui l'unissait au marteau se tordait sur les petits pavés de la place. Achour s'était emparé du marteau et faisait la leçon à Idriss.

– Tu vois, mon cousin, tu le tiens comme ça. Évite de le toucher avec ton ventre, ça te donnerait la colique.

L'un des terrassiers intervint avec véhémence.

– Oui, tu dois faire gaffe. Ça, c'est la plus grande saloperie qu'on a inventée pour tuer des Arabes! Si tu fais pas gaffe, tes cheveux s'envolent, tu avales tes dents, et ton estomac, il va tomber dans tes chaussures!

Achour protestait.

– Mais non, c'est pas si mal! Le marteau-piqueur, c'est épatant, tu peux me croire. C'est ton zob, tu comprends? Un zob de géant. Avec ça, tu crèves Paris, tu niques la France!

Tout le monde riait autour de lui. Idriss avait saisi les poignées de l'outil. Le corps du marteau avec son cylindre, ses orifices d'échappement et ses ressorts, c'était vingt-cinq kilos d'acier qui oscillaient sur le « fleuret », la tige travaillante terminée par un épais ciseau à froid. Il y avait un rectangle de terre meuble où Idriss pouvait faire un essai. Il abaissa le levier du robinet de mise en marche. Les décharges d'air comprimé se déchaînèrent aussitôt en chapelet frénétique. Idriss comprit le rôle indispensable que jouait la masse de muscles et d'os du travailleur à l'une des extrémités de l'outil. A l'autre extrémité, le ciseau du fleuret ne pouvait accomplir son œuvre de destruction et de pénétration sans l'appui de ce matelas vivant et souple. Lorsque le fleuret se fut enfoncé de trente centimètres dans le sol, Idriss coupa l'arrivée d'air, et s'efforça de dégager son outil. C'était là que l'attendaient les terrassiers qui l'observaient en plaisantant : le fleuret resta planté inébranlablement dans la terre compacte. Il aurait fallu basculer le marteau pour faire craquer la croûte du sol avant de l'enfoncer aussi profondément.

— Remets en marche, et tire à toi, lui conseilla Achour.

La pétarade reprit, et Idriss s'arc-bouta en arrière. Mais les percussions pneumatiques, c'était tout son corps et principalement ses reins qui les subissaient maintenant. Il stoppa, abruti de coups, comme un boxeur qui vient de recevoir une série de directs à l'estomac.

Cependant le chef de chantier avait tracé à la craie sur le trottoir voisin une série de lignes, le plan de la première tranchée à creuser. Idriss s'approcha en tirant sur le câble de son marteau.

*CRISTOBAL and Co*
*Jewels & Gems*
*From Africa and the Middle East*

Idriss lut ces lettres sur la vitrine la plus proche. Un seul bijou y était exposé : la goutte d'or brillait solitaire sur fond de velours noir. Idriss n'en croyait pas ses yeux : elle était là, indiscutablement, la bulla aurea, vue pour la première fois au cou de Zett Zobeida, perdue dans la rue chaude de Marseille, ovale, légèrement renflée à sa base, d'un éclat et d'un profil si admirables qu'elle paraissait faire le vide autour d'elle, symbole de libération, antidote de l'asservissement par l'image. Elle était là, suspendue derrière cette simple vitre, et Idriss la regardait appuyé sur son formidable outil à défoncer le bitume. Il avait oublié ses compagnons, le chef de chantier qui s'impatientait, la place Vendôme avec son empereur sur sa colonne. Il revoyait Zett Zobeida dansant dans la nuit avec ses bijoux sonores, avec sa goutte d'or silencieuse. Il posa le bout de son marteau sur le macadam, et abaissa le levier. Le tonnerre ferrugineux emplit tout son corps. Mais un taquet, soudain libéré et pris de folie, accompagnait cette fois la mitraillade d'un tintement métallique strident. C'était un cliquetis frénétique, un bruit de castagnettes suraigu, un grelot infernal. La croûte de bitume se soulevait sans difficulté, comme une peau de serpent. Idriss se déplaça sans arrêter son outil. Il fut étonné de le trouver si léger, sautillant sur la surface du trottoir. C'était sa danseuse, sa cavalière infernale, Zett Zobeida métamorphosée en robot enragé.

Dansant sur place avec son marteau-piqueur, il ne vit pas la vitrine de CRISTOBAL & Co se fendre de haut en bas. Il n'entendit pas le hululement de la sirène d'alarme déclenchée par les palpeurs sismiques. Ding, ding, ding. Idriss danse toujours avec en tête une fantasmagorie de libellules, de criquets et de bijoux agités d'une trépidation forcenée. Un car de police barre la rue de Castiglione. Un autre car se place en travers de la rue de la Paix. Des policiers casqués et munis de gilets pare-balles en jaillissent, et courent vers la vitrine étoilée de fêlures qui continue à hurler comme une bête blessée. Sourd et aveugle, Idriss continue à danser devant la goutte d'or avec sa cavalière pneumatique.

# POST-SCRIPTUM

Le Sahara, c'est beaucoup plus que le Sahara. L'Islam est un puits insondable. Mes nombreux voyages dans le Maghreb et le Proche-Orient m'ont surtout fait mesurer ma propre ignorance. Je ne saurais citer que quelques noms parmi tous ceux qui m'ont aidé à écrire ce livre :

Dominique Champault, qui dirige le département d'Afrique blanche au Musée de l'homme, et dont le livre *Tabelbala* [1] est un modèle de monographie éthnologique et une source inépuisable d'informations.

Salah Riza, qui n'a pas seulement écrit *L'Hégire des exclus* [2], mais qui a été mon guide dans les foyers de travailleurs maghrébins de la région parisienne.

El Gherbi qui m'a révélé Marseille, l'Africaine.

Et tous ceux qui, plus savants que moi, ont bien voulu répondre à mes questions : Germaine Tillion, Roger Frison-Roche, Leila Menchari, Claude Blanguernon, Marcel Ichac, et Ysabel Saïah qui sait tout sur *Oum Kalsoum* [3].

Je dois saluer particulièrement la mémoire du colonel Alexandre Bernard. Je l'ai rencontré peu avant sa mort près de Bourg-en-Bresse dans la ferme où il s'était retiré. En 1920, il avait vingt-six ans, c'était lui qui pilotait l'avion du général Laperrine. L'évocation de Sigisbert de Beaufond – personnage inventé et de surcroît mythomane puisqu'il s'identifie à Alexandre Bernard – est calquée sur le récit de ce dernier dont j'ai conservé l'enregistrement. Il en résulte que tous les détails rapportés sont authentiques – et jusqu'à la tombe provisoire de Laperrine creusée dans le sillage de l'avion et surmontée d'une de ses roues, elle-même coiffée du képi du général... Quand Sigisbert de Beaufond exhibe ses poignets pour montrer les cicatrices de sa tentative de suicide, Idriss ne voit évidemment rien. Ces cicatrices, je les ai vues sur les poignets de Bernard.

Je voudrais enfin remercier le maître calligraphe Hassan Massoudy, qui m'a permis d'approcher un art traditionnel où la beauté se confond avec la vérité et la sagesse [4].

M. T.

1. Éd. Centre national de la recherche scientifique.
2. Éd. Ken Productions.
3. Éd. Denoël.
4. *Calligraphie arabe vivante*, éd. Flammarion.

# ŒUVRES DE MICHEL TOURNIER

*Aux Éditions Gallimard*

VENDREDI, OU LES LIMBES DU PACIFIQUE (roman). Folio 959.

LE ROI DES AULNES (roman). Folio 656.

LES MÉTÉORES (roman). Folio 905.

LE VENT PARACLET (essai). Folio 1138.

LE COQ DE BRUYÈRE (contes et récits). Folio 1229.

GASPARD, MELCHIOR & BALTHAZAR (récits). Folio 1415.

VUES DE DOS. Photographies d'Édouard Boubat.

GILLES & JEANNE (récit). Folio 1707.

LE VAGABOND IMMOBILE. Dessins de Jean-Max Toubeau.

LA GOUTTE D'OR (roman). Folio 1908.

PETITES PROSES. Folio 1768.

LE MÉDIANOCHE AMOUREUX (contes et nouvelles).

*Pour les jeunes*

VENDREDI OU LA VIE SAUVAGE. Folio Junior 30. Illustrations de Georges Lemoine.

PIERROT OU LES SECRETS DE LA NUIT. Album illustré par Danièle Bour. Enfantimages.

BARBEDOR. Album illustré par Georges Lemoine. Enfantimages. Folio Cadet 74.

L'AIRE DU MUGUET. Folio Junior 240. Illustrations de Georges Lemoine.

SEPT CONTES. Folio Junior 264. Illustrations de Pierre Hézard.

LES ROIS MAGES. Folio Junior 280. Illustrations de Michel Charrier.

QUE MA JOIE DEMEURE. Conte de Noël dessiné par Jean Claverie. Enfantimages.

*Aux Éditions Belfond*

LE TABOR ET LE SINAÏ. Essais sur l'art contemporain.

*Aux Éditions Complexe*

RÊVES. Photographies d'Arthur Tress.

*Aux Éditions Denoël*

MIROIRS. Photographies d'Édouard Boubat.

*Aux Éditions Herscher*

MORTS ET RÉSURRECTIONS DE DIETER APPELT.

*Aux Éditions Le Chêne-Hachette*

DES CLEFS ET DES SERRURES. Images et proses.

*Au Mercure de France*

LE VOL DU VAMPIRE. Notes de lecture. Idées 485.

*Composé par la Société Nouvelle Firmin-Didot
à Mesnil-sur-l'Estrée
et achevé d'imprimer par
l'imprimerie Brodard et Taupin
à La Flèche (Sarthe),
le 20 avril 1989.
Dépôt légal : avril 1989.
1er dépôt légal dans la collection : décembre 1987.
Numéro d'imprimeur : 1003B-5.*

ISBN 2-07-037908-6 / Imprimé en France.

46090